COLLECTION FOLIO

John Steinbeck

Le meurtre

et autres nouvelles

Traduit de l'américain
par Marcel Duhamel et Max Morise

Gallimard

Ces nouvelles sont extraites du recueil *La grande vallée* (Folio nº 881).

C'est à Salinas, en Californie, cette région qu'il a décrite dans plusieurs romans et nouvelles, que naît John Steinbeck le 27 février 1902. D'origine allemande et irlandaise, il grandit dans une famille typiquement américaine, laborieuse et provinciale. Son père est fonctionnaire et sa mère institutrice. Inscrit à l'université de Stanford où il se passionne pour la biologie marine et la littérature, il travaille dans les ranchs pour payer ses études et découvre la vie des journaliers mexicains, expérience dont il s'inspirera dans toute son œuvre. Il laisse tomber l'université et décide de tenter sa chance à New York. Après quelques années difficiles, il revient à Salinas et commence à écrire *La coupe d'or*, un roman d'aventures. En 1930, il épouse Carol Henning, une journaliste qui l'initie aux idées marxistes. La même année, il rencontre Edwards F. Ricketts, l'un des grands spécialistes de biologie marine, avec lequel il noue une profonde amitié. Malgré le peu de succès de son premier roman, Steinbeck continue à écrire et trouve son public : *Tortilla Flat* (1935), *En un combat douteux* (1936), *Des souris et des hommes* (1937), *Les raisins de la colère* (1939), considéré comme le plus grand roman sur la crise de 1929. Hollywood s'intéresse à lui et plusieurs de ses romans sont adaptés au cinéma, souvent par lui-même. Si le succès professionnel est au rendez-vous, son mariage, lui, se délite : il divorce en 1943 pour épouser Gwyn Conger, une jeune chanteuse. À peine remarié, il s'embarque pour l'Europe où la guerre fait rage. Ce conflit confirme sa vision pessimiste de l'humanité… Dès son retour et malgré la naissance de deux fils, sa vie conjugale tourne au désastre. Steinbeck s'échappe en écrivant. De nouveau divorcé, il rencontre Elaine Anderson Scott qui lui apporte la stabilité qu'il recherchait. En 1952 paraît *À l'est d'Eden* qui déroute la critique par sa complexité mais rencontre un grand succès auprès des lecteurs. En 1962, le prix Nobel de littérature couronne son œuvre. Il meurt à New York le 20 décembre 1968 ; ses cendres sont déposées dans le caveau familial à Salinas.

Écrivain engagé dont l'œuvre mêle humour, tendresse pour ses personnages et conscience sociale, John Steinbeck est l'un des plus grands écrivains américains du XXe siècle.

Lisez ou relisez les livres de John Steinbeck en Folio :

DES SOURIS ET DES HOMMES (Folio n° 37 et Folioplus classiques n° 47)

TORTILLA FLAT (Folio n° 897)

LES RAISINS DE LA COLÈRE (Folio n° 83)

EN UN COMBAT DOUTEUX... (Folio n° 228)

LA PERLE (Folio n° 428)

RUE DE LA SARDINE (Folio n° 787)

LES PÂTURAGES DU CIEL (Folio n° 692)

LES NAUFRAGÉS DE L'AUTOCAR (Folio n° 861)

LA GRANDE VALLÉE (Folio n° 881)

AU DIEU INCONNU (Folio n° 1232)

LA COUPE D'OR (Folio n° 3073)

LA PERLE / *THE PEARL* (Folio Bilingue n° 87)

LE PONEY ROUGE / *THE RED PONY* (Folio Bilingue n° 114)

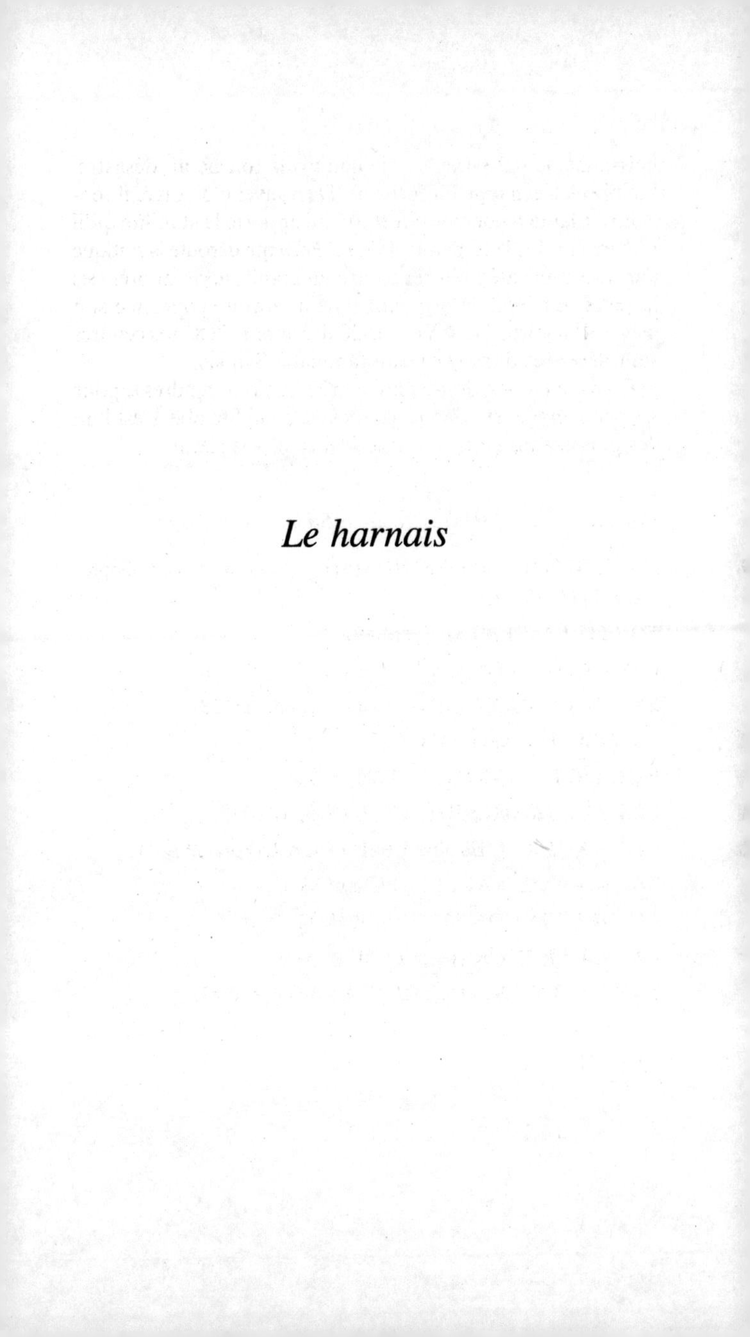

Le harnais

Peter Randall était un des fermiers les plus hautement respectés du comté de Monterey. Une fois, au moment où il allait prononcer un petit discours à une assemblée maçonnique, le frère qui le présentait le cita comme un exemple à imiter pour les jeunes francs-maçons de Californie. Il approchait de la cinquantaine ; ses manières étaient graves et réservées, et il portait une barbe soigneusement entretenue. Il récoltait de tous côtés l'autorité qui revient à l'homme barbu. Les yeux de Peter étaient graves également : bleus et graves à en être presque soucieux. Les gens savaient qu'il y avait de la force en lui, mais une force tenue en cage. Parfois, sans aucune raison apparente, ses yeux devenaient mornes et sournois comme les yeux d'un chien méchant ; mais cet aspect passait bientôt et la réserve et la probité revenaient sur son visage. Il était grand et large. Il tenait ses épaules rejetées en arrière comme si elles avaient été tirées par des bretelles et il rentrait le ventre comme un soldat. Attendu que les fermiers sont ordinairement voûtés, Peter tirait de son maintien un regain de respect.

En ce qui concernait la femme de Peter, Emma, les gens étaient généralement d'accord pour déclarer combien il était difficile de comprendre comment une si petite femme qui n'avait que la peau et les os pouvait continuer à vivre, étant donné surtout qu'elle était la plupart du temps malade. Elle pesait trente-neuf kilos. À quarante-cinq ans, son visage était ridé et brun comme celui d'une vieille, vieille femme, mais ses yeux étaient enfiévrés de volonté de vivre. C'était une femme fière qui se plaignait très peu. Son père avait été franc-maçon du trente-troisième degré et Maître Vénérable de la Grande Loge de Californie. Avant de mourir, il avait pris un vif intérêt à la carrière maçonnique de Peter.

Une fois par an, Peter partait pour une semaine et laissait sa femme seule à la ferme. Aux voisins qui venaient lui rendre visite pour lui tenir compagnie, sa femme expliquait invariablement : « Il est en voyage d'affaires. »

Chaque fois que Peter revenait d'un voyage d'affaires, Emma tombait malade pendant un mois ou deux, et c'était dur pour Peter, car Emma faisait son travail elle-même et refusait d'engager une femme. Quand elle était souffrante c'était Peter qui devait faire les travaux ménagers.

Le ranch Randall se trouvait sur la rivière Salinas, au pied des collines. C'était un ensemble idéalement équilibré de basses et de hautes terres. Quarante-cinq arpents d'un riche sol uni, la fleur du comté, répandus là par la rivière au temps jadis et plats comme un billard, et quatre-vingts arpents de jolis coteaux pour le foin et les arbres fruitiers. La ferme toute blanche était aussi nette et réservée que ses propriétaires. La cour immédiate était close d'une barrière et dans le jardin, sous la direction d'Emma, Peter faisait pousser des dahlias, des immortelles, des œillets de toutes sortes.

De la véranda on pouvait voir la plaine jusqu'à la rivière gainée de saules et de peupliers et, au-delà de la rivière, les champs de betteraves et, au-delà des champs, le dôme bulbeux du Palais de Justice de Salinas. Souvent l'après-midi, Emma s'asseyait sous la véranda dans un rocking-chair jusqu'à ce que la brise la fît rentrer. Elle tricotait constamment, levant les yeux de temps à autre pour regarder Peter travailler dans la plaine ou dans le verger, ou sur la pente au-dessous de la maison.

Le ranch Randall n'était pas plus grevé d'hypothèques que n'importe quel autre dans la vallée. Les récoltes, judicieusement choisies, attentivement soignées, payaient les intérêts, procuraient un niveau de vie raisonnable et laissaient quelques centaines de dollars chaque année pour rembourser le principal. Il n'y avait rien d'étonnant que Peter Randall fût respecté de ses voisins et que ses rares paroles fussent écoutées attentivement, même lorsqu'il parlait du temps ou de la façon dont allaient les choses. Que Peter dît : « Je vais tuer un cochon samedi », et presque tous ceux qui l'entendaient rentraient chez eux et tuaient un cochon samedi. Ils ne savaient pas pourquoi, mais si Peter Randall tuait un cochon, il semblait bon, prudent et de bonne politique d'en faire autant.

Peter et Emma étaient mariés depuis vingt et un ans. Ils avaient amassé de bons meubles plein leur maison, un bon nombre de tableaux encadrés, des vases de toutes formes et des livres d'un genre solide. Emma n'avait pas d'enfants. La maison était sans écornifllures, sans entailles, sans graffiti. Sous les vérandas de devant et de derrière, des décrottoirs et d'épais paillassons en fibre de coco préservaient la maison de la boue.

Dans les intervalles de ses indispositions, Emma veillait à ce que la maison fût bien tenue. Les gonds des portes et des armoires étaient huilés et pas une vis ne manquait aux loquets. Les meubles et les boiseries étaient revernis à neuf une fois par an. Les réparations se faisaient en général lorsque Peter était rentré de son voyage d'affaires annuel.

Chaque fois que le bruit courait parmi les fermes qu'Emma était de nouveau malade, les voisins guettaient le médecin quand il passait en voiture sur la route de la rivière.

— Oh ! je pense que ça ne sera rien, répondait-il aux questions. Il faudra qu'elle reste au lit une ou deux semaines.

Les bonnes voisines apportaient des gâteaux à la ferme Randall, et entraient sur la pointe des pieds dans la chambre de la malade où la petite femme-oiseau, toute menue, reposait dans un immense lit de noyer. Elle les regardait de ses petits yeux noirs brillants.

— Vous ne voulez pas qu'on relève un peu les rideaux, ma chère ? demandaient-elles.

— Non, merci. La lumière me fait mal aux yeux.

— Est-ce que nous pouvons faire quelque chose pour vous ?

— Non, merci. Peter fait très bien tout ce qu'il me faut.

— Surtout, n'oubliez pas, s'il y a quelque chose à quoi vous pensiez...

Emma était une femme si fermée. Il n'y avait rien qu'on pût faire pour elle quand elle était souffrante, sinon d'apporter des tartes et des gâteaux à Peter. On trouvait Peter dans la cuisine, ceint d'un tablier propre et net, en train de remplir une bouillotte d'eau chaude ou de fabriquer du fromage à la crème.

C'est ainsi qu'un automne, quand la nouvelle circula qu'Emma était couchée, les fermières mirent au four des gâteaux pour Peter et s'apprêtèrent à faire leur visite habituelle.

Mme Chappell, la voisine de la ferme la plus

proche, se tenait sur la route de la rivière quand le médecin passa.

— Comment va Emma Randall, docteur ?

— Je ne la trouve pas tellement bien, madame Chappell ; à mon avis, elle est bien mal en point.

Comme, pour le docteur Marn, quiconque n'était pas un authentique cadavre était sur le chemin de la guérison, la nouvelle courut de ferme en ferme qu'Emma Randall allait mourir.

Ce fut une longue et terrible maladie. Peter donnait les lavements lui-même et vidait le bassin. La suggestion du docteur d'employer une infirmière ne rencontra qu'un refus farouche dans les yeux de la patiente ; et, malade comme elle l'était, ses souhaits étaient respectés. Peter la faisait manger, la baignait et faisait le grand lit en noyer. Les rideaux de la chambre à coucher demeuraient clos.

Il se passa deux mois avant le moment où les yeux d'oiseau noirs et pointus se voilèrent et où l'âme pointue se retira dans l'inconscience. Et c'est seulement alors qu'une infirmière entra dans la maison. Peter était amaigri et malade lui-même, au bord de l'affaissement total. Les voisines lui apportèrent des gâteaux et des tartes et les retrouvèrent intacts dans la cuisine quand elles revinrent.

Mme Chappell était dans la maison avec Peter l'après-midi où mourut Emma. Peter eut immédiatement une crise nerveuse. Mme Chappell téléphona au docteur, puis à son mari pour qu'il vienne l'aider, car Peter gémissait comme un homme fou et frappait ses joues barbues de ses poings. Ed Chappell éprouva de la honte quand il le vit.

La barbe de Peter était mouillée de larmes. Ses sanglots bruyants s'entendaient dans toute la maison. Parfois il s'asseyait auprès du lit et se couvrait la tête d'un oreiller et parfois il arpentait le parquet de la chambre à coucher en soufflant comme un veau. Quand Ed Chappell, d'un geste réfléchi, mit la main sur son épaule, et dit avec une voix mal assurée : « Allons, Peter, allons, voyons », Peter repoussa brusquement sa main. Le docteur arriva et signa le certificat.

Quand l'entrepreneur des pompes funèbres se présenta, Peter leur donna un mal de chien. Il était à moitié fou. Il voulut se battre quand on essaya d'enlever le corps. Ce ne fut qu'après qu'Ed Chappell et l'entrepreneur l'eurent maintenu pour que le docteur pût lui faire une piqûre hypodermique, qu'il leur fut possible d'emporter Emma.

La morphine ne fit pas dormir Peter. Il resta assis replié dans un coin, en soufflant pesamment et en fixant le plancher.

— Qui est-ce qui va rester avec lui ? demanda le docteur. Mademoiselle Jack ? ajouta-t-il, s'adressant à l'infirmière.

— Je ne pourrai pas en venir à bout, docteur, pas toute seule.

— Voulez-vous rester, Chappell ?

— Certainement, je resterai.

— Bon, écoutez. Voici du bromure. S'il recommence, donnez-lui-en. Et si ça ne fait pas d'effet, voici de l'amytal, une de ces capsules le calmera.

Avant de partir, ils aidèrent Peter abruti à passer dans le salon et l'étendirent doucement sur un divan. Ed Chappell s'assit dans un fauteuil pour le veiller. Le bromure et un verre d'eau étaient sur la table à côté de lui.

Le petit salon était proprement balayé. Le matin même, Peter avait frotté le parquet avec des morceaux de journaux humides. Ed fit un feu de petit bois dans la grille et ajouta deux ou trois bûches de chêne quand il fut bien allumé. L'obscurité était venue de bonne heure. Une petite pluie frappait contre les fenêtres sous l'action du vent. Ed moucha les lampes à pétrole et les mit en veilleuse. Dans la grille, le feu pétillait et craquait et les flammes ondulaient comme une chevelure au-dessus des bûches. Ed resta longtemps dans le fauteuil à regarder Peter engourdi par la drogue sur son divan. À la longue, Ed s'assoupit.

Il était environ dix heures quand il se réveilla. Il se secoua et regarda vers le divan. Peter était assis et le regardait. La main d'Ed se tendit vers le flacon de bromure, mais Peter fit « non » de la tête.

— Inutile de me faire prendre quoi que ce soit, Ed. Je crois que le docteur m'a sonné assez dur, hein ? Je me sens bien maintenant, juste un peu engourdi.

— Si tu veux seulement prendre de ce machin-là, ça te fera dormir.

— Je ne veux pas dormir. — Il passa ses doigts sur sa barbe souillée, puis se leva. — Je vais aller me laver la figure, je serai mieux après.

Ed entendit qu'il faisait couler de l'eau dans la cuisine. Au bout d'un moment il revint dans le salon en s'essuyant le visage avec une serviette. Peter souriait d'une façon bizarre. Jamais Ed ne lui avait vu cette expression auparavant, ce sourire embarrassé et perplexe.

— Je crois que j'ai été un peu déchaîné quand elle est morte, hein ? dit Peter.

— Eh ben... oui, tu as fait pas mal de chambard.

— C'est comme si quelque chose avait claqué net en moi, expliqua-t-il. Comme des bretelles qui se cassent. Ça m'a complètement fichu en l'air. Mais ça va maintenant, malgré tout.

Ed regarda par terre et vit une petite araignée brune qui courait ; il étendit le pied et l'écrasa.

Peter demanda soudain :

— Est-ce que tu crois à une vie dans l'au-delà ?

Ed Chappell tressaillit. Il n'aimait pas parler de choses pareilles, car en parler les rendait présentes à son esprit et le forçait à y penser.

— Ben, oui. Tout bien considéré, mon Dieu, oui, j'y crois.

— Tu penses que quelqu'un qui est... parti... peut voir ce que nous faisons, de là-haut ?

— Oh ! je ne sais pas si j'irai jusque-là... je ne sais pas.

Peter continua comme s'il se parlait à lui-même.

— Même si elle me voyait et que je ne fasse pas ce qu'elle voulait, elle devrait avoir bonne impression parce que je l'ai fait quand elle vivait. Elle devrait être contente d'avoir fait de moi un homme bien. Si je n'étais pas un homme bien quand elle n'était pas là, ça prouve que c'est elle qui me rendait comme ça, n'est-ce pas ? J'étais un homme bien, n'est-ce pas, Ed ?

— Qu'est-ce que tu veux dire par là, *j'étais* ?

— Eh bien ! à part une semaine par an, j'étais quelqu'un de bien. Je ne sais pas ce que je vais faire maintenant... — Il eut une expression de colère : Excepté une chose !

Il se leva et quitta sa veste et sa chemise. Sur son sous-vêtement de tricot il portait un harnais de toile qui tirait ses épaules en arrière. Il dégrafa le harnais et le jeta. Puis il déboutonna son pantalon, découvrant une large ceinture en caoutchouc. Il la fit tomber à ses pieds et se gratta le ventre voluptueusement avant de remettre ses vêtements. Il adressa un sourire à Ed, cet étrange sourire embarrassé.

— Je ne sais pas comment elle s'y prenait pour me faire faire les choses, mais elle y arrivait. Elle n'avait pas l'air de me diriger, mais elle me faisait toujours faire les choses. Tu sais, je ne pense pas que je croie à une survie. Quand elle vivait, même quand elle était malade, il fallait que je fasse ce qu'elle voulait, mais à la minute même où elle est morte, ç'a été... tiens, comme de me débarrasser de ce harnais ! Je ne pouvais plus le supporter. C'était fini. Il va falloir que je m'habitue à me passer de ce harnais.

Il pointa le doigt dans la direction d'Ed :

— Mon ventre va sortir, dit-il péremptoirement. Je le laisserai sortir. Quoi, j'ai cinquante ans !

Cela déplut à Ed. Il avait envie de s'en aller. Ce genre de choses n'était pas très convenable.

— Si tu veux seulement prendre de ce machin-là, ça te fera dormir, dit-il faiblement.

Peter n'avait pas remis sa veste. Il était assis sur le divan, la chemise ouverte.

— Je ne veux pas dormir. Je veux causer. Je crois qu'il faudra que je mette la ceinture et le harnais pour l'enterrement, mais après ça je les brûlerai. Dis donc, j'ai une bouteille de whisky dans la grange. Je vais la chercher.

— Oh ! non, protesta vivement Ed. Je ne pourrais pas boire maintenant, dans un moment comme celui-ci.

Peter se leva.

— Oh ! moi, je peux. Tu peux rester à me regarder si tu veux. Je te le dis, tout ça est fini.

Il sortit, laissant Ed Chappell malheureux et scandalisé. Au bout d'un court moment il revint. Il se mit à parler dès la porte, en apportant le whisky.

— Je n'avais qu'une chose dans ma vie, ces voyages. Emma était une femme assez intelligente. Elle savait que je serais devenu fou si je n'avais pas pu m'échapper une fois par an. Bon Dieu, comme elle travaillait ma conscience quand je revenais ! — Sa voix avait pris un ton confidentiel. — Tu sais ce que je faisais pendant ces voyages ?

Les yeux d'Ed étaient tout grands ouverts. Il avait devant lui un homme qu'il ne connaissait pas et il était fasciné. Il prit le verre de whisky qui lui était tendu.

— Non, qu'est-ce que tu faisais ?

Peter lampa son alcool, toussa et s'essuya la bouche de la main.

— Je me saoulais, dit-il. J'allais dans des maisons à femmes à San Francisco. J'étais saoul toute la semaine et chaque soir j'allais dans une autre maison. — Il se versa un autre verre. — Je crois qu'Emma le savait, mais elle n'a jamais rien dit. J'aurais *éclaté* si je n'avais pu m'échapper.

Ed Chappell sirotait son whisky à petits coups.

— Elle disait toujours que tu partais pour affaires.

Peter regarda son verre, le vida et le remplit encore. Ses yeux commençaient à briller.

— Bois ton verre, Ed. Je sais que tu penses que ce n'est pas bien... si peu de temps après, mais personne ne le saura que toi et moi. Ranime le feu. Je ne suis pas triste.

Chappell s'approcha de la grille, il tisonna les bûches rougeoyantes et une multitude d'étincelles s'envolèrent dans la cheminée comme des petits oiseaux lumineux. Peter remplit les verres et retourna prendre place sur le divan. Quand Ed revint à son fauteuil, il but à petites gorgées sans faire semblant de s'apercevoir que son verre avait été rempli. Ses joues étaient rouges. Cela ne semblait plus si terrible maintenant de boire. L'après-midi et le décès avaient reculé dans un passé indéterminé.

— Veux-tu des gâteaux ? demanda Peter. Il y en a une demi-douzaine dans le garde-manger.

— Non, je ne crois pas que j'en veux, merci.

— Tu sais, confessa Peter, je crois que je ne mangerai plus de gâteaux. Pendant dix ans, chaque fois qu'Emma était malade, les gens m'envoyaient des gâteaux. C'était gentil à eux, bien sûr, seulement maintenant, pour moi, gâteau veut dire maladie. Bois ton verre.

Il se passa quelque chose dans la pièce. Les deux hommes levèrent la tête pour découvrir ce que c'était. La pièce avait quelque chose de différent par rapport au moment précédent. Alors Peter eut un sourire en dessous.

— C'est la pendule de la cheminée qui s'est

arrêtée. Je crois que je ne vais pas la remonter. Je prendrai un petit réveille-matin qui bat vite. Ce *cloc, cloc, cloc*, c'est trop sinistre. — Il avala son whisky. — Je suppose que tu vas raconter partout que je suis fou, hein ?

Ed leva les yeux de son verre, sourit et fit un signe de tête.

— Non, sûrement pas. Je vois assez bien comment tu ressens les choses. Je ne savais pas que tu portais ce harnais et cette ceinture.

— Un homme doit se tenir droit, dit Peter. Je suis voûté de nature.

Alors il explosa.

— Je suis un idiot de nature ! Pendant vingt ans j'ai fait semblant d'être un homme bien et raisonnable... excepté pendant une semaine chaque année. Tout m'était compté au compte-gouttes, ajouta-t-il d'une voix forte. Ma vie m'a été comptée au compte-gouttes. Tiens, laisse-moi remplir ton verre. J'ai une autre bouteille dans la grange, tout au fond sous une pile de sacs.

Ed tendit son verre pour le faire remplir. Peter continua :

— J'ai pensé que ça serait épatant de mettre tout mon terrain du bord de l'eau en pois de senteur. Pense comment ça serait de voir de la véranda tous ces arpents de bleu et de rose, tout d'une masse. Et quand le vent soufflerait là-dessus, pense à cette odeur. Une odeur à vous mettre à l'envers.

— Y a des tas de gens qui se sont ruinés avec les pois de senteur. Pour sûr, on tire un bon prix de la semence, mais il y a trop de choses qui peuvent arriver à la récolte.

— Je m'en fous, rugit Peter. Je veux avoir plein de tout. Je veux avoir quarante arpents de couleur et de parfum. Je veux des grosses femmes avec des seins comme des oreillers. J'ai faim, je te dis, j'ai faim de tout, de tout et du reste.

Le visage d'Ed devint grave sous les rugissements.

— Si tu prenais seulement de ce machin-là, ça te ferait dormir.

Peter parut honteux :

— Ça va très bien. Je n'ai pas fait exprès de hurler comme ça. Ce n'est pas juste maintenant que j'ai pensé ça pour la première fois. J'y ai pensé pendant des années, comme un gosse pense aux vacances. J'avais toujours peur d'être trop vieux. Ou de partir le premier et de tout rater. Mais je n'ai que cinquante ans, j'ai encore plein de vinaigre dans les veines. J'ai parlé à Emma des pois de senteur mais elle n'a pas voulu me laisser faire. Je ne sais pas comment elle s'y prenait pour me faire faire les choses, dit-il perplexe. Je ne me rappelle pas. Elle avait une façon de faire ça. Mais elle n'y est plus. J'ai la sensation qu'elle n'y est plus, exactement comme j'ai la sensation que ce harnais n'y est plus. Je vais être voûté, Ed... je vais me voûter tant que je pourrai. Je vais te coller de la boue partout dans la maison avec mes souliers. Je vais chercher une grosse ménagère bien grasse... une grosse grasse de San Francisco. Je vais avoir tout le temps une bouteille d'eau-de-vie sur l'étagère.

Ed Chappell se leva et étira ses bras au-dessus de sa tête.

— Je crois que je vais rentrer maintenant, si tu te sens bien. Il faut que j'aille dormir. Tu ferais mieux de remonter la pendule, Peter. Ça ne leur vaut rien aux pendules de ne pas marcher.

Le lendemain de l'enterrement, Peter Randall se mit au travail à la ferme. Les Chappell, qui habitaient à côté, virent la lampe dans sa cuisine bien avant l'aube et ils virent sa lanterne traverser la cour en direction de la grange une demi-heure avant de se lever eux-mêmes.

Peter tailla ses arbres fruitiers en trois jours. Il travaillait depuis la première lueur jusqu'au moment où il ne pouvait plus distinguer les rameaux sur le ciel. Puis il entreprit de façonner le grand morceau de plaine près de la rivière. Il laboura, roula, hersa. Deux hommes étranges avec des bottes et des culottes de cheval vinrent examiner sa terre. Ils tâtèrent la boue de leurs doigts, ils creusèrent des trous profonds avec un outil à enfoncer les poteaux et, quand ils s'en allèrent, ils emportèrent de la boue dans de petits sacs en papier.

Ordinairement, avant le temps des semailles,

les fermiers échangeaient visite sur visite. Ils s'asseyaient sur leur derrière, ramassaient des poignées de terre et brisaient les petites mottes entre leurs doigts. Ils discutaient marchés et récoltes, rappelaient les années où les haricots avaient bien rendu et s'étaient vendus à un bon cours, et d'autres années où les petits pois n'avaient même pas assez rapporté pour payer péniblement la semence. Après un grand nombre de discussions de ce genre, il arrivait régulièrement que tous les fermiers semaient la même chose. Il y avait certains hommes dont les idées avaient du poids. Si Peter Randall ou Clark de Witt pensaient mettre des haricots roses et de l'orge, la plupart des champs se trouvaient ensemencés de haricots roses et d'orge cette année-là, car, étant donné que ces hommes étaient respectés et réussissaient bien, il était admis que leur choix était basé sur autre chose qu'un pur hasard. On croyait généralement, sans jamais le déclarer, que Peter Randall et Clark de Witt jouissaient d'un pouvoir dépassant le raisonnement et d'une connaissance prophétique spéciale.

Quand les visites d'usage commencèrent, on vit qu'un changement s'était opéré chez Peter Randall. Il s'asseyait sur sa charrue et causait assez plaisamment. Il disait qu'il n'avait pas encore décidé ce qu'il sèmerait, mais il le disait d'un air si coupable qu'il était clair qu'il n'avait pas l'intention de le révéler. Quand il eut rebuté quelques enquêtes, les visites cessèrent chez lui et les fermiers se portèrent en corps chez Clark de Witt. Clark mettait de l'orge chevalier. Sa décision dicta la majeure partie des semis du voisinage.

Mais si les questions avaient cessé, la curiosité ne cessait pas. Les hommes qui passaient devant les quarante-cinq arpents de plaine de la ferme Randall, observaient le champ pour essayer de déduire d'après le genre du travail ce que serait la culture. Quand Peter commença à faire passer son semoir d'un bout à l'autre de sa terre, personne ne parut, car Peter avait fait clairement entendre que sa culture était un secret.

Ed Chappell ne le trahit pas d'ailleurs. Ed avait un peu honte quand il pensait à ce soir-là ; honte de Peter pour son débordement et honte de lui-même pour être resté à l'écouter. Il observait Peter étroitement pour voir si les intentions dépravées de Peter existaient réellement ou si toute cette conversation n'avait été que le résultat de l'égarement et de la crise de nerfs. Il remarqua que les épaules de Peter n'étaient pas rejetées en arrière et que son ventre bedonnait un peu. Il alla chez Peter et respira quand il ne vit pas de traces de boue sur le plancher et quand il entendit le tic-tac de la pendule de la cheminée.

Mme Chappell parlait souvent de cet après-midi-là. « On aurait cru qu'il avait perdu l'esprit à sa façon de se conduire. Il ne faisait que hurler. Ed est resté avec lui une partie de la nuit, jusqu'à ce qu'il soit calmé. Ed a dû lui donner un peu de whisky pour le faire dormir. Mais, disait-elle d'un air entendu, il n'y a rien de tel que le travail pour tuer le chagrin. Peter Randall se lève tous les matins à trois heures. De mon lit, je vois la lumière à la fenêtre de sa cuisine. »

Les saules éclatèrent en gouttelettes d'argent et les jeunes herbes poussèrent sur le bord des routes. La rivière Salinas roula une eau sombre, déborda pendant un mois, puis baissa en formant des nappes vertes. Peter Randall avait façonné sa terre magnifiquement. Elle était tendre et noire ; il n'y avait pas une motte plus grosse qu'une bille et, sous la pluie, elle prenait un riche aspect pourpre.

Alors les minces petites rangées vertes levèrent tout le long du champ noir. Au crépuscule, un voisin rampa sous la barrière et arracha un des frêles plants. « Une espèce quelconque de légume, dit-il à ses amis. Des petits pois, je pense. Qu'est-ce qu'il lui a pris de faire tant de mystère ? Je lui ai demandé carrément ce qu'il semait et il n'a pas voulu me le dire. »

Le fin mot se répandit dans les fermes : « C'est des pois de senteur. Tout ce bon Dieu de terrain de quarante-cinq arpents en pois de senteur ! » Les hommes allèrent donc trouver Clark de Witt pour avoir son opinion.

Son opinion était celle-ci : « Il y a des gens qui croient, parce que les pois de senteur rapportent de vingt à soixante *cents* la livre, qu'on peut s'enrichir avec. Mais c'est la culture la plus capricieuse du monde. Si les pucerons ne s'y mettent pas, ça peut réussir. Et alors il vient une journée de chaleur qui grille les gousses et qui fait couler toute votre récolte. Ou bien il peut tomber une petite pluie qui gâche tout le fourbi. C'est très bien d'en mettre sur quelques arpents et de risquer le coup, mais pas partout. Peter est un peu dérangé depuis qu'Emma est morte. »

Cette opinion fut largement diffusée. Chacun des hommes la fit sienne. Deux voisins se la disaient souvent l'un à l'autre, chacun en récitant la moitié. Quand un trop grand nombre de gens l'eurent répétée à Peter Randall, il se mit en colère. Un jour, il s'écria : « Dites donc, à qui est cette terre ? Si je veux me ruiner, nom de Dieu, j'ai tout de même le droit de le faire, non ? » Et cela changea toute la façon de voir. Les hommes se souvinrent que Peter était un bon fermier. Il avait peut-être une connaissance spéciale. Mais oui, voilà ce que c'était, ces deux hommes bottés... des chimistes ! Bon nombre de fermiers regrettèrent de ne pas avoir fait quelques arpents de pois de senteur.

Ils le regrettèrent particulièrement quand les tiges s'étalèrent, quand elles se touchèrent d'un rang à l'autre en cachant le sol noir, quand les boutons commencèrent à se former et qu'on vit que la récolte serait riche. Puis vinrent les fleurs :

quarante-cinq arpents de couleur, quarante-cinq arpents de parfum. Les gens disaient que ça se sentait jusqu'à Salinas, à six kilomètres de là. Des autocars amenèrent des enfants des écoles pour les voir. Un groupe d'hommes appartenant à une maison de graines passa tout un jour à examiner les plants et à tâter le sol.

Peter Randall s'asseyait dans un rocking-chair, sous sa véranda, chaque après-midi. Il contemplait les grands carrés roses ou bleus et le carré délirant de couleurs panachées. Quand la brise de l'après-midi se levait, il aspirait profondément. Sa chemise bleue était ouverte sur sa gorge, comme s'il avait voulu avoir le parfum contre sa peau.

Les hommes retournèrent chez Clark de Witt pour avoir maintenant son opinion. Il dit :

— Il y a à peu près dix choses qui peuvent se produire pour gâcher cette récolte. Je lui souhaite du bonheur avec ses pois de senteur !

Mais les hommes virent à son irritation que Clark était un peu jaloux. Ils regardèrent, au-delà des champs colorés, la véranda où Peter se tenait assis et ils ressentirent pour lui une nouvelle admiration et un nouveau respect.

Ed Chappell monta les marches pour lui parler un après-midi :

— Drôle de récolte que t'as là, dis donc !

— M'en a tout l'air, répondit Peter.

— J'ai jeté un coup d'œil. Les gousses se forment bien.

Peter soupira :

— La floraison est presque finie, dit-il. Ça me fera de la peine de voir les pétales tomber.

— Ah ! moi je serais heureux de les voir tomber. Tu vas faire de l'argent s'il n'arrive rien.

Peter sortit un grand mouchoir de couleur, se moucha et tordit de côté son nez qui le démangeait.

— Je regretterai quand ça ne sentira plus, dit-il.

Alors Ed fit allusion à la nuit de la mort. Une de ses paupières s'abaissa avec mystère.

— Tu as trouvé quelqu'un pour tenir ton ménage ?

— Je n'ai pas cherché, dit Peter. Je n'ai pas eu le temps.

Des rides soucieuses se creusaient autour de ses yeux. « Mais qui n'aurait pas été soucieux, pensa Ed, alors qu'une seule averse pouvait ruiner toute la récolte de l'année ? »

Si l'année et le temps avaient été fabriqués exprès pour les pois de senteur, ils n'auraient pas pu être meilleurs. Le brouillard s'étendait à ras du sol le matin où l'on arracha les plantes. Une fois les gros tas de plantes placés en sécurité sur des toiles étalées, un soleil chaud rendit les gousses cassantes à point pour la batteuse. Les voisins regardaient les longs sacs à coton s'emplir de graines rondes et noires et rentraient chez eux en essayant de calculer quelle somme Peter tirerait de cette formidable récolte. Clark de Witt perdit une grande partie de ses fidèles. Les hommes décidèrent de découvrir ce que Peter sèmerait l'année suivante, dussent-ils le suivre partout. Comment le savait-il, par exemple, que l'année serait bonne pour les pois de senteur ? Il *fallait* qu'il eût une espèce de connaissance spéciale.

Quand un homme de la haute vallée de Salinas va à San Francisco pour affaires ou en vacances, il prend une chambre à l'hôtel Ramona. C'est un arrangement excellent, car il peut le plus souvent trouver dans le hall quelqu'un de chez lui. On peut se reposer dans des fauteuils confortables tout en parlant de la vallée de Salinas.

Ed Chappell se rendit à San Francisco pour voir un cousin de sa femme qui venait en voyage de l'Ohio. Le train ne devait arriver que le lendemain matin. Dans le hall du Ramona, Ed chercha quelqu'un de la vallée de Salinas, mais il ne vit dans les fauteuils confortables que des étrangers. Il sortit pour aller au cinéma. Quand il revint, il chercha de nouveau quelqu'un du pays, mais il n'y avait toujours que des étrangers. Pendant un moment il s'arrêta à parcourir le registre, mais il était très tard. Il s'assit pour finir son cigare avant d'aller se coucher.

Il y eut un bruit violent à la porte. Ed vit l'employé faire un geste de la main. Un chasseur se précipita dehors. Ed se retourna sur son fauteuil pour regarder. Devant la porte, on aidait un homme à sortir d'un taxi. Le chasseur le reçut des bras du chauffeur et le guida vers le hall. C'était Peter Randall. Ses yeux étaient vitreux et sa bouche ouverte était humide. Il n'avait pas de chapeau et ses cheveux étaient complètement ébouriffés. Ed bondit et courut à lui.

— Peter !

Peter se débattait faiblement pour se libérer du chasseur.

— Laisse-moi tranquille, dit-il. Je suis très bien. Laisse-moi et je te donnerai dix ronds.

Ed appela de nouveau :

— Peter !

Les yeux vitreux se portèrent lentement sur lui et Peter tomba dans ses bras.

— Mon vieil ami, s'écria-t-il. Ed Chappell, mon bon vieil ami ! Qu'est-ce que tu fais là ? Viens dans ma chambre prendre un verre.

Ed le remit d'aplomb sur ses pieds.

— Bien sûr, je viens, dit-il. Ça me ferait plaisir de boire un petit grog avant de me coucher.

— Un grog ! T'es pas fou ? On va sortir, on va aller voir un spectacle n'importe où.

Ed le mit dans l'ascenseur et le conduisit dans sa chambre. Peter s'écroula lourdement sur le lit et reprit péniblement une position assise.

— Il y a une bouteille de whisky dans la salle de bains. Apporte-moi un verre aussi.

Ed apporta la bouteille et des verres.

— Qu'est-ce que tu fais, Peter, tu fêtes ta récolte ? Tu dois avoir entassé des monceaux d'or.

Peter avança la paume de sa main et la frappa significativement de son index.

— Bien sûr, j'ai fait de l'or... mais ça ne valait pas mieux que de jouer. C'était exactement un jeu de hasard.

— Mais tu as encaissé l'argent ?

Peter fronça les sourcils d'un air pensif.

— J'aurais pu y perdre ma culotte, dit-il. Pendant tout le temps, toute l'année, j'ai été embêté. C'était exactement du jeu.

— Enfin, en tout cas, tu as touché.

Peter changea alors de sujet :

— J'ai été malade, dit-il. J'ai été malade dans le taxi. Je sors d'une boîte de l'avenue Van Ness, expliqua-t-il en s'excusant. Il fallait absolument que je vienne en ville. J'aurais éclaté si je n'étais pas venu vider un peu le vinaigre que j'ai dans le système.

Ed le regardait curieusement. La tête de Peter ballottait sur sa poitrine. Sa barbe était entortillée et hirsute.

— Peter..., commença Ed, le soir où Emma... est partic, tu as dit quc tu allais... changer les choses.

La tête branlante de Peter se redressa lentement. Il dirigea vers Ed un regard de hibou.

— Elle n'est pas morte pour de bon, dit-il d'une voix épaisse. Elle ne veut pas me laisser faire les choses. Elle m'a embêté toute l'année à propos de ces pois. — Ses yeux avaient une expression d'étonnement. — Je ne sais pas comment elle fait. — Puis il se rembrunit. Sa paume réapparut et il la frappa de nouveau. — Mais, écoute bien ce que je te dis, Ed Chappell, je ne le porterai jamais plus. Rappelle-toi ce que je te dis.

Sa tête retomba en avant. Mais, au bout d'un moment, il la releva.

— Je me suis saoulé, dit-il avec sérieux. J'ai été dans des maisons à femmes.

Il se pencha confidentiellement vers Ed. Il reprit dans un chuchotement pénible :

— Mais t'en fais pas, j'arrangerai ça. Quand je rentrerai, tu sais ce que je vais faire ? Je vais faire mettre l'électricité. Emma a toujours voulu avoir l'électricité.

Il s'affaissa de côté sur le lit.

Ed Chappell étendit Peter et le déshabilla avant de regagner sa chambre.

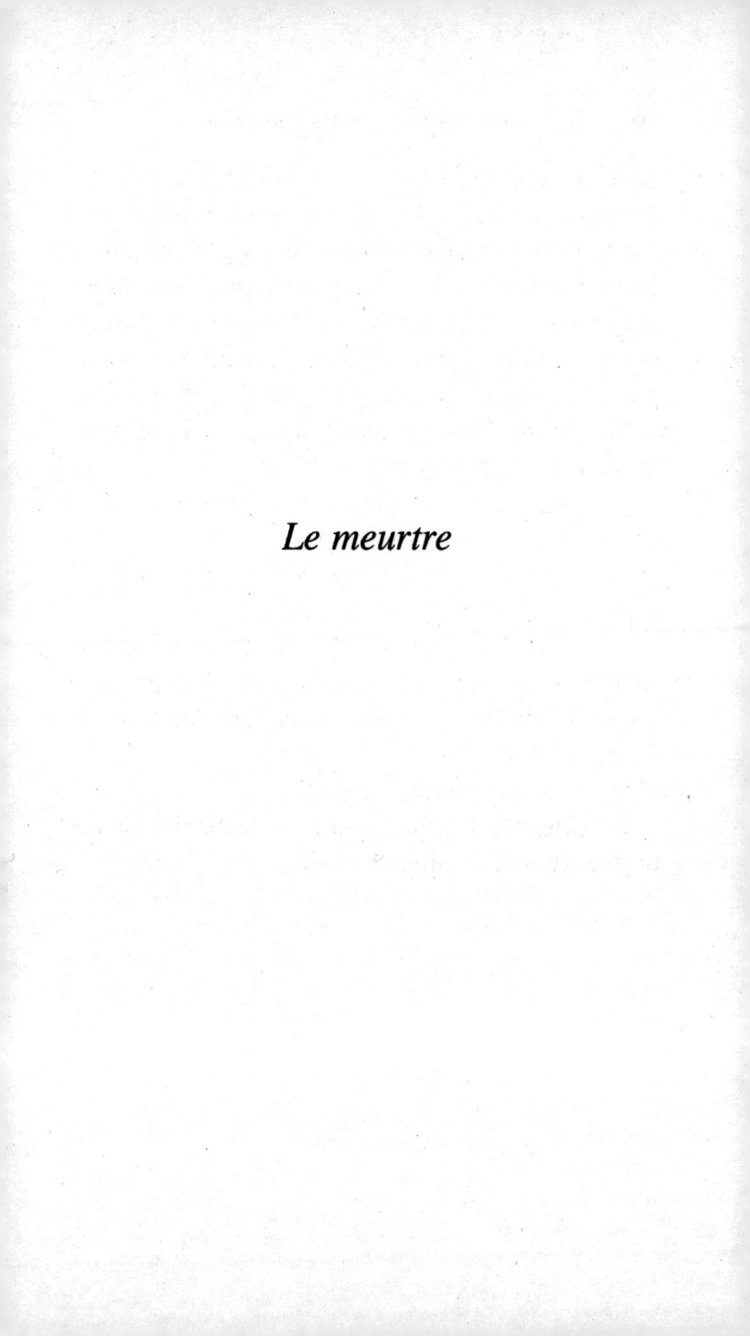

Le meurtre

La chose advint, il y a un certain nombre d'années, dans le comté de Monterey, en Californie centrale. Le canyon del Castillo est une de ces vallées qui s'allongent entre les éperons et les crêtes nombreuses de la chaîne de Santa Lucia. Du canyon del Castillo, la faille principale, nombre de petits arroyos se taillent un passage jusqu'à flanc de montagne, ravins boisés et recouverts d'épaisses broussailles où foisonnent la sauge et l'arbre à galle. À la naissance du canyon se dresse un gigantesque château de pierre, flanqué de contreforts et de tours à la façon de ces citadelles érigées par les Croisés sur le chemin de leurs conquêtes. Seule une visite sur les lieux dévoile que le château fort n'est qu'un étrange phénomène dû au travail du temps, de l'eau et de l'érosion sur du grès meuble, stratifié. De loin, les remparts démantelés, les ponts-levis, les tours, et jusqu'aux meurtrières deviennent réels sans que l'imagination ait beaucoup à intervenir.

Sous le château fort, sur le sol presque uni du canyon, se dressent le vieux bâtiment de la ferme, une grange moussue, rongée par les intempéries, et un hangar à bestiaux tout décrépit. La maison est déserte ; les portes, tournant sur leurs gonds rouillés, grincent et claquent les nuits où le vent déferle du château. Il vient peu de visiteurs à la maison. Parfois une troupe de jeunes gens parcourt bruyamment les pièces, inspectant les placards vides et bravant à haute voix les fantômes dont ils nient l'existence.

Jim Moore, le propriétaire du terrain, n'aime pas voir des gens chez lui. Il accourt à cheval de sa nouvelle maison, située plus bas dans la vallée, et pourchasse les garçons. Il a mis des écriteaux : « Passage interdit » partout, afin d'écarter la curiosité morbide des gens. Quelquefois, l'envie le prend de brûler la vieille maison, mais, à ce moment, un étrange et puissant attachement aux portes battantes, aux fenêtres opaques et sinistres, lui interdit une telle destruction. En brûlant la maison, il détruirait une partie très importante de sa vie. Il sait que lorsqu'il descend en ville en compagnie de sa femme, jeune, potelée et encore jolie, les gens se retournent et le regardent s'éloigner avec une crainte mêlée d'une certaine admiration.

Jim Moore naquit dans la vieille maison et grandit dans ses murs. De la grange, il connaissait chaque planche vermoulue, jusqu'aux détails des veines du bois, chaque râtelier usé, poli par le temps. Son père et sa mère étaient morts tous deux quand il atteignit trente ans. Il fêta sa majorité en laissant pousser sa barbe. Il vendit les cochons et prit la décision de ne plus en faire l'élevage. En fin de compte, il fit l'acquisition d'un magnifique taureau de Guernesey pour améliorer son cheptel et prit l'habitude de se rendre à Monterey le samedi soir, pour s'y saouler et faire la causette avec les bruyantes pensionnaires du *Trois Étoiles*.

Dans la même année, Jim Moore épousa Jelka Sepic, une Yougoslave, fille d'un fermier lourd et patient de Pine Canyon. Jim n'était pas fier de la famille étrangère de sa femme, de ses nombreux frères, sœurs et cousins, mais sa beauté l'enchantait. Jelka avait un regard naïvement interrogateur, de grands yeux de colombe. Elle avait un nez mince et finement taillé, et des lèvres épaisses et douces. Pour Jim, la peau de Jelka était un perpétuel sujet d'étonnement, car d'une nuit à l'autre il oubliait combien elle était merveilleuse. C'était une femme si tranquille, si souple et si prévenante, une maîtresse de maison si parfaite que souvent Jim se rappelait avec dégoût les conseils de son père, le jour du mariage. Le vieux, larmoyant et congestionné par la bière des festivités, s'était approché de Jim et, lui donnant un coup de coude dans les côtes avec un ricanement suggestif qui fit disparaître ses petits yeux noirs derrière les paupières bouffies et plissées : « Attention, fais pas l'imbécile, dit-il, Jelka, c'est fille slave. Il n'est pas comme Américaine. S'il est mauvais, faut taper. S'il est trop longtemps gentil, faut taper aussi. Je tapais ta mama. Papa tapait ma mama. Une fille slave ! Il est pas un homme, celui qui lui corrige pas un bon coup, sacré bon Dieu !

— Je ne battrai jamais Jelka, dit Jim.

Le père gloussa et de nouveau lui donna une bourrade dans les côtes :

— Fais pas l'imbécile, conseilla-t-il. Un jour, toi voir.

Il repartit en titubant vers le tonneau de bière.

Jim ne tarda pas à découvrir que Jelka n'était pas comme une Américaine. Elle était très silencieuse. Jamais elle ne parlait la première, se bornant à lui répondre par de brefs murmures. Elle apprenait son mari tout comme elle apprenait des passages de l'Écriture. Au bout d'un certain temps de mariage, Jim n'avait même plus à demander une chose d'usage courant dans la maison ; Jelka la lui avait préparée avant qu'il en eût exprimé le désir. C'était une épouse remarquable, mais pas une vraie compagne. Aucun désir de camaraderie en elle. Elle ne parlait jamais. Ses grands yeux le suivaient, et, quand il souriait, parfois elle souriait aussi, d'un sourire lointain et voilé. Elle passait des heures interminables à coudre, tricoter et raccommoder. Elle était là, assise, surveillant ses mains habiles, et elle paraissait considérer avec un étonnement mêlé d'orgueil les petites mains blanches qui savaient faire des choses si jolies et si utiles. Elle ressemblait tellement à un animal que parfois Jim lui donnait de petites tapes sur la tête et le cou, mû par la même impulsion qui le poussait à flatter un cheval.

Dans la maison, Jelka était extraordinaire. Quelle que fût l'heure à laquelle Jim rentrait de la montagne aride et chaude ou des terres cultivées du fond de la vallée, son dîner était là qui l'attendait, fumant, ponctuellement prêt. Elle le regardait manger, poussait les plats à portée de sa main au moment qu'il fallait et remplissait sa tasse quand elle était vide.

Aux premiers temps de leur mariage, il l'entretenait des choses de la ferme, mais elle lui souriait comme le fait un étranger qui veut se montrer aimable, bien qu'il ne comprenne pas.

— L'étalon s'est coupé au fil de fer barbelé, disait-il.

Alors elle répondait : « Oui » avec une inflexion descendante qui ne contenait ni interrogation, ni curiosité.

Il comprit bientôt qu'il lui serait impossible de communiquer avec elle d'aucune manière. Si elle avait une vie intime, à part, celle-ci était trop vague, trop lointaine, pour qu'il y pût accéder. La barrière qu'il voyait dans ses yeux n'était pas de celles que l'on peut écarter, car elle n'était ni hostile, ni intentionnelle.

La nuit, il caressait ses longs cheveux noirs, ses épaules incroyablement satinées et dorées, et elle poussait de petits cris de plaisir. Au plus fort de son étreinte, et seulement alors, il semblait qu'elle eût une vie à part, ardente et passionnée. Puis elle redevenait instantanément l'épouse laborieuse et péniblement soumise.

— Pourquoi ne me parles-tu jamais ? demandait-il. Tu ne veux pas me parler ?

— Si, répondait-elle. Qu'est-ce que tu veux que je te dise ?

C'était le langage de la race de Jim sorti d'une pensée étrangère à cette race.

Un an passa. Jim en vint à désirer ardemment la compagnie des femmes, les potins, les menus propos que l'on échange pour le plaisir de bavarder, les injures plaisantes lancées à voix criarde, la vulgarité un peu salée. Il reprit l'habitude d'aller en ville boire et s'amuser avec les filles bruyantes du *Trois Étoiles*. Il plaisait, là-dedans, à cause de son visage volontaire et ferme, et parce qu'il avait le rire facile.

— Où est ta femme ? demandaient-elles.

— À l'écurie, répondait-il.

La plaisanterie ne ratait jamais son effet.

Le samedi après-midi, il sellait un cheval et

mettait une carabine dans l'étui de la selle pour le cas où il verrait un chamois. Chaque fois, il demandait :

— Ça ne t'ennuie pas de rester seule ?

— Non, ça ne m'ennuie pas.

Une fois, il demanda :

— Et si quelqu'un venait ?

L'espace d'un instant, son regard se fit plus perçant, puis elle sourit.

— Je le renverrais, dit-elle.

— Je serai de retour demain vers midi. C'est trop loin pour faire ça la nuit.

Il avait l'impression qu'elle savait où il allait, mais jamais elle ne protestait ni ne montrait le moindre signe de désapprobation.

— Il faudrait que tu aies un enfant, dit-il.

Son visage s'éclairait :

— Un jour, Dieu sera bon, dit-elle avec ardeur.

Il était désolé qu'elle fût aussi solitaire. Si seulement elle avait fait des visites aux autres femmes du canyon, elle se serait sentie moins seule, mais faire des visites n'était pas son fort. Une fois par mois, à peu près, elle attelait des chevaux à un véhicule rustique — une planche montée sur quatre roues — et allait passer l'après-midi avec sa mère et toute une couvée de frères, de sœurs et de cousins qui habitaient la maison de son père.

— Ah ! tu vas bien t'amuser, lui disait Jim. Vous allez jacasser tout l'après-midi comme des poules dans votre sacré jargon. Je te vois d'ici en train de glousser et de frétiller avec ton espèce de grand cousin qui a toujours l'air si empoté. Si je trouvais quelque chose à te reprocher, je te traiterais de maudite étrangère, tiens !

Il se rappelait sa façon de bénir le pain en traçant le signe de la croix dessus avant de le mettre au four, de s'agenouiller chaque soir au pied du lit, et cette image religieuse qu'elle avait épinglée au mur de l'alcôve.

Par un brûlant et poudreux samedi de juin, Jim était à faucher de l'avoine sur le terrain plat de la ferme. La journée était longue. Il était plus de six heures lorsque les ailes de la faucheuse couchèrent le dernier ruban d'avoine. Dans un cliquetis de ferraille, il conduisit la machine dans la cour de la grange, puis la fit entrer à reculons sous le hangar à outils ; là il détela et lâcha les chevaux sur la colline où ils resteraient à pâturer toute la journée du dimanche. Quand il pénétra dans la cuisine, Jelka était justement en train de poser son dîner sur la table. Il se lava les mains et le visage et s'assit pour manger.

— Je suis fatigué, dit-il. Mais, quand même, j'ai envie d'aller à Monterey. Il y aura pleine lune ce soir.

Ses doux yeux s'éclairèrent d'un sourire.

— Écoute, j'ai une idée, dit-il. Si tu veux, j'attelle et je t'emmène avec moi.

De nouveau, elle sourit et secoua la tête.

— Non, les boutiques seraient fermées. J'aime mieux rester là.

— Bon, comme tu veux. Je vais seller le cheval, dans ce cas. Je n'avais pas idée d'y aller. Tout le bétail est rentré. Peut-être que je pourrai attraper un cheval facilement. Tu ne veux vraiment pas venir ?

— S'il était tôt et que je puisse aller faire mes courses... Mais il sera dix heures quand tu arriveras là-bas.

— Oh ! non, enfin je veux dire, à cheval, il sera à peine plus de neuf heures.

La bouche de Jelka sourit pour elle-même, mais ses yeux épiaient Jim pour voir progresser la réalisation d'un souhait. Peut-être parce qu'il était fatigué par sa longue journée de travail, il demanda :

— À quoi penses-tu ?

— À quoi je pense ? Je me souviens qu'au début de notre mariage tu me demandais ça presque tous les jours.

— Mais à quoi ? insista-t-il, irrité.

— Oh, je pense aux œufs que la poule noire est en train de couver.

Elle se leva et alla consulter le grand calendrier au mur.

— Ils vont éclore demain ou peut-être lundi.

Le soir était presque tombé quand il eut fini de se raser et eut mis son complet de serge bleue et ses bottes neuves. Jelka avait lavé et rangé la vaisselle. Comme Jim traversait la cuisine, il s'aperçut qu'elle avait mis la lampe sur la table près de la fenêtre et qu'elle s'y était assise pour tricoter une chaussette de laine brune.

— Pourquoi t'es-tu mise là, ce soir ? demanda-t-il. Tu t'assieds toujours là-bas. Tu es drôle par moments.

Elle leva lentement les yeux de ses doigts agiles.

— La lune, fit-elle calmement. Tu as dit qu'elle était pleine, ce soir. Je veux la voir se lever.

— Mais tu es bête. Tu ne pourras pas la voir de cette fenêtre. Je croyais que tu savais tout de même mieux t'orienter.

Elle eut un sourire lointain.

— Alors, je regarderai par la fenêtre de la chambre.

Jim mit son chapeau noir et sortit. Traversant la grange vide dans l'obscurité, il décrocha un licou du râtelier. Sur la colline herbeuse, il lança un coup de sifflet long et perçant. Les chevaux s'arrêtèrent de paître, s'avancèrent lentement et s'immobilisèrent à vingt pas de lui. Avec précaution, il s'approcha de son hongre roux et sa main parcourut la croupe, les flancs et l'encolure de la bête. La boucle du licou se ferma avec un léger cliquetis. Jim fit demi-tour et ramena le cheval à la grange. Il mit la selle, serra fortement la sous-ventrière, passa la bride à gourmette d'argent derrière les oreilles raidies, boucla la sous-gorge, noua la corde d'attache autour du cou du hongre et en attacha l'extrémité soigneusement roulée à l'anneau du pommeau de selle. Ensuite, il passa le licou et conduisit le cheval à la maison. Une couronne de lumière d'un rouge vaporeux rayonnait au-dessus des montagnes, à l'est. La pleine lune allait se lever avant que la vallée n'eût complètement perdu la lumière du jour.

Dans la cuisine, Jelka tricotait toujours à la fenêtre. Jim alla dans un coin de la pièce prendre sa carabine 30-30. Tout en poussant les cartouches dans le magasin, il dit :

— Ça commence à s'illuminer au-dessus des montagnes. Si tu veux voir la lune se lever, tu ferais bien d'y aller tout de suite. Elle va être fameuse, quand elle va se montrer.

— Dans un instant, répliqua-t-elle, quand j'aurai fini ce rang-là.

Il s'approcha d'elle et caressa ses cheveux lisses et luisants.

— Bonne nuit. Je serai probablement de retour demain vers midi.

Ses yeux sombres le suivirent, tandis qu'il passait la porte et sortait dans la cour.

Jim enfonça la carabine dans l'étui de la selle, monta et engagea son cheval sur la pente du canyon. Sur sa droite, par-delà les montagnes qui s'obscurcissaient, la grande lune rouge s'élevait rapidement. La double lumière des rayons attardés du couchant et de la lune montante épaississait la ligne des arbres et donnait aux montagnes une nouvelle et bizarre perspective. Des miroitements s'allumaient dans les chênes poussiéreux et leur ombre était d'un noir de velours. L'ombre immense, montée sur des pattes démesurées, d'un cheval et d'un cavalier, se déplaçait à gauche et légèrement en avant de Jim. Des ranches voisins et éloignés parvenaient les aboiements de chiens en train de se mettre en voix pour un concert nocturne. Et les coqs chantaient, s'imaginant qu'une nouvelle aube s'était levée trop vite. Jim mit son cheval au trot. Le claquement des sabots se répercuta contre le château derrière lui et revint. Il songea à la blonde May du *Trois Étoiles*, à Monterey.

— Je vais être en retard. Peut-être qu'un autre l'aura eue, se dit-il.

La lune s'était nettement dégagée des montagnes à cette heure.

Jim avait fait deux kilomètres lorsqu'il entendit un bruit de sabots qui se rapprochait. Un cavalier s'amena vers lui au petit galop et arrêta son cheval.

— C'est toi, Jim ?

— Oui. Tiens, bonsoir, George.

— J'allais justement chez toi. Je voulais te dire... Tu connais la source qui est là-haut, juste au bout de mes terres ?

— Oui, je connais.

— Eh bien, j'ai été faire un tour par là, cet après-midi. J'y ai trouvé les restes d'un feu de camp et la tête et les pattes d'un veau. La peau était dans le feu, à moitié brûlée, mais je l'ai retirée et j'ai vu qu'elle portait ta marque.

— Ben merde ! fit Jim. Le feu datait de quand ?

— La terre était encore chaude sous les cendres. La nuit dernière, je suppose. Écoute, Jim, je ne peux pas y monter avec toi. J'ai affaire en ville, mais j'ai tenu à te prévenir pour que tu puisses veiller au grain.

Jim demanda calmement :

— Combien d'hommes, d'après toi ?

— Je ne sais pas. Je n'ai pas regardé d'assez près.

— Alors, je ferais bien d'aller jusque-là. Moi aussi, j'allais en ville. Mais s'il y a des voleurs dans les parages, je n'ai pas envie de perdre encore du bétail. Je vais couper à travers tes terres, si tu n'y vois pas d'inconvénient, George.

— J'irais bien avec toi, mais faut que j'aille en ville. T'as un fusil ?

— Oui, bien sûr. Là, sous ma jambe. Merci de m'avoir prévenu.

— De rien. Traverse où tu voudras. Bonsoir.

Le voisin tourna son cheval et repartit au petit galop dans la direction d'où il était venu.

Jim resta un moment assis au clair de lune à considérer au-dessous de lui son ombre montée sur échasses. Il tira la carabine de l'étui, introduisit une cartouche dans la culasse et posa l'arme en travers de sa selle. Il prit à gauche, sortit de la route, grimpa une petite éminence, traversa la chênaie, puis le sentier vert qui formait ligne de crête et descendit le versant opposé dans le canyon voisin.

Il lui fallut une demi-heure pour découvrir le camp abandonné. Il retourna la pesante tête de veau qui avait la consistance du cuir et tâta la langue chargée de poussière afin de calculer, d'après son état de sécheresse, à combien de temps remontait la mort. Il fit craquer une allumette et examina sa marque sur la peau roussie. Finalement, il remonta en selle, franchit les collines chauves et rejoignit sa terre à travers champs.

Une chaude brise d'été soufflait sur les cimes. La lune, au cours de son ascension, perdait sa couleur rouge et tournait au thé foncé. Les coyotes chantaient dans les hauteurs et, plus bas, dans les fermes, les chiens faisaient chorus avec des hurlements déchirants. Au-dessous, les chênes au feuillage vert foncé et l'herbe jaune de l'été révélaient leurs couleurs au clair de lune.

Jim se guida sur le tintement des clochettes pour rejoindre son troupeau et le trouva qui paissait tranquillement en compagnie de quelques cerfs. Il tendit l'oreille, à l'affût d'un bruit de sabots ou de voix d'hommes que le vent aurait pu lui apporter.

Il était onze heures passées quand il poussa son cheval vers la ferme. Il contourna la tour ouest du château de grès, traversa son ombre et réapparut dans la lumière du clair de lune. Plus bas, les toits de sa grange et de sa maison brillaient faiblement. La fenêtre de la chambre à coucher renvoyait un vif reflet.

Les chevaux au pâturage redressèrent la tête lorsque Jim traversa le pré. Une lueur rouge s'alluma dans leurs yeux quand ils tournèrent la tête.

Jim avait presque atteint la barrière de l'enclos ; il entendit un cheval taper du sabot dans la grange. D'une secousse, sa main retint le hongre. Il écouta. Cela recommença, ce claquement de sabots dans la grange. Jim leva sa carabine et mit silencieusement pied à terre. Il laissa aller son cheval et, à pas de loup, se glissa vers la grange.

Dans le noir, il entendait le bruit de meule que faisaient les dents du cheval en mâchant du foin. Il s'avança avec précaution jusqu'à la stalle occupée. Après avoir écouté un moment, il fit craquer une allumette sur la crosse de sa carabine. Un cheval sellé et bridé était là, attaché. Le mors était passé sous la bouche et la sangle défaite. Le cheval s'arrêta de manger et tourna la tête vers la lumière.

Jim souffla l'allumette et sortit rapidement de la grange. Il s'assit sur le rebord de l'abreuvoir et regarda dans l'eau. Ses pensées lui venaient si lentement qu'il les traduisait en mots et les exprimait sans voix.

— Est-ce que je regarde par la fenêtre ? Non. On verrait l'ombre de ma tête dans la chambre.

Il considéra la carabine qu'il tenait à la main. Aux endroits où elle avait été frottée et maniée, le vernis noir était parti, laissant à nu le métal argenté.

Finalement, il se leva, l'air résolu, et s'avança vers la maison. Arrivé devant les marches, il allongea la jambe et tâta délicatement du pied chaque planche avant de lui confier son poids. Les trois chiens du ranch sortirent de dessous la maison, se secouèrent, s'étirèrent, reniflèrent, frétillèrent de la queue et retournèrent se coucher.

La cuisine était dans l'obscurité, mais Jim connaissait la place de chaque meuble. Il avança la main et toucha le coin de la table, le dos d'une chaise, le porte-serviettes, en passant. Il fit si peu de bruit en traversant la pièce que lui-même n'entendait que sa propre respiration, le léger murmure qu'échangeaient entre elles les jambes de son pantalon et le tic-tac de sa montre, dans sa poche. La porte de la chambre à coucher était ouverte et répandait une flaque de clair de lune sur le sol de la cuisine. Jim atteignit enfin la porte et jeta un regard à l'intérieur.

Le clair de lune s'était posé sur le lit blanc. Jim vit Jelka allongée sur le dos, un bras blanc et doux ramené sur son front et ses yeux. Il ne pouvait pas voir qui était l'homme, car il avait la tête tournée de l'autre côté. Jim regardait, retenant son souffle. Puis Jelka s'agita dans son sommeil et la tête de l'homme roula de côté avec un soupir : le cousin de Jelka, son grand cousin, à l'air empoté.

Jim fit demi-tour et refit rapidement le chemin inverse, se faufilant à travers la cuisine et redescendant les quelques marches derrière la maison. À travers la cour, il revint à l'abreuvoir et se rassit. La lune était blanche comme de la craie et nageait dans l'eau, illuminant les brins de paille et d'orge tombés de la bouche des chevaux. Jim pouvait voir les larves de moustiques monter et descendre dans l'eau avec des culbutes et tout au fond de l'abreuvoir une salamandre qui reposait sur la mousse.

Quelques sanglots lui échappèrent, des sanglots secs, durs et sourds, et il s'en étonna car son esprit était tout aux cimes vertes et à la mélancolique brise d'été qui fuyait rapidement.

Ses pensées se portèrent sur la façon que sa mère avait de tenir un seau pour recueillir le sang quand son père tuait un cochon. Elle s'écartait le plus possible, tenant le seau à bout de bras, afin de préserver sa robe des éclaboussures.

Jim plongea sa main dans l'abreuvoir et la lune, délayée, se fragmenta en une infinité de rayons lumineux et d'éclairs tourbillonnants. De ses mains humides il se rafraîchit le front, puis il se leva.

Cette fois, il ne se déplaça pas si doucement, mais traversa la cuisine sur la pointe des pieds et se planta dans l'entrebâillement de la porte de la chambre à coucher. Jelka bougea son bras et entrouvrit les yeux. Soudain, ses yeux s'élargirent brusquement, immenses, puis l'humidité les fit scintiller. Jim la regarda dans les yeux ; son visage était vide d'expression. Une petite goutte coula du nez de Jelka et se logea dans le creux de sa lèvre supérieure. À son tour elle le dévisagea.

Jim leva son arme. Le déclic de l'acier résonna sur toute la maison. Sur le lit, l'homme s'agita nerveusement dans son sommeil. Les mains de Jim frémissaient. Il épaula sa carabine et la tint fermement appuyée contre son épaule pour l'empêcher de trembler. Dans la mire, il vit le carré blanc entre les sourcils de l'homme et ses cheveux. Le guidon s'agita un moment de droite et de gauche, puis s'immobilisa.

La détonation déchira l'air. Jim, le regard suivant toujours la ligne du canon, vit le lit tout entier tressauter sous le choc. Sur le front de l'homme il y avait un petit trou noir, net, où n'apparaissait nulle trace de sang. Mais derrière, le coup de feu avait emporté la cervelle et l'os et en avait éclaboussé l'oreiller.

Des gargouillements sortirent de la gorge du cousin de Jelka.

Ses mains surgirent en rampant de dessous les couvertures, semblables à deux grandes araignées blanches, elles s'avancèrent un moment, puis elles furent prises de frissons et s'immobilisèrent.

Jim se détourna lentement vers Jelka. Son nez coulait. Son regard avait quitté Jim et fixait maintenant le bout du canon. Elle geignait doucement, comme un petit chien qui a froid.

Jim s'enfuit, pris de panique. Ses éperons sonnèrent sur le sol de la cuisine, mais dehors, à pas mesurés, il s'avança une fois de plus vers l'abreuvoir. Il avait un goût de sel dans la gorge et son cœur battait à lui faire mal. Il ôta son chapeau et plongea sa tête dans l'eau. Puis il se courba en deux et vomit par terre. Il entendit Jelka aller et venir dans la maison. Elle poussait des gémissements de petit chien. Jim se redressa : il se sentait faible et étourdi.

D'un pas traînant et las, il traversa l'enclos et entra dans la pâture. Son cheval sellé vint à son coup de sifflet. Avec des gestes d'automate, il serra la sous-ventrière, se mit en selle et s'engagea sur la route qui descendait vers la vallée. L'ombre noire, aplatie, voyageait sous lui. La lune blanche voguait haut dans le ciel. Les chiens inquiets aboyaient lamentablement.

Au petit jour, un cabriolet attelé de deux chevaux entra au trot dans la cour de la ferme, semant la panique parmi les poules. Un délégué du shérif et un coroner étaient assis sur la banquette. Jim Moore était dans le fond, à demi couché sur sa selle. Le hongre suivait derrière, fourbu. Le délégué du shérif serra le frein, enroula les rênes autour, et les deux hommes descendirent.

Jim demanda :

— Faut-il que j'entre ? Je suis trop fatigué et trop obsédé pour voir ça maintenant.

Le coroner fit la moue et considéra le problème :

— Oh ! non, ce n'est pas la peine. On fera ce qu'il faut et on jettera un coup d'œil.

Jim s'en alla nonchalamment vers l'abreuvoir.

— Dites donc, cria-t-il, tâchez de nettoyer un peu, si ça ne vous fait rien. Vous voyez ce que je veux dire ?

Les hommes pénétrèrent dans la maison.

Quelques minutes plus tard, ils ressortirent, portant à eux deux le cadavre raidi. Il était enveloppé dans un châle. Ils le soulevèrent et le firent glisser dans le fond de la voiture. Jim revint vers eux.

— Est-ce qu'il faut que j'aille avec vous, maintenant ?

— Où est votre femme, monsieur Moore ? interrogea le délégué du shérif.

— Je ne sais pas, répondit-il d'un ton las. Elle doit être quelque part dans les parages.

— Vous êtes bien sûr de ne pas l'avoir tuée, elle aussi ?

— Non. Je ne l'ai pas touchée. Je la trouverai et je vous l'amènerai cet après-midi. Du moins, si vous ne tenez pas à ce que je vous accompagne.

— Nous avons votre déposition, dit le coroner. Et bon Dieu ! quoi, on n'est pas aveugles, n'est-ce pas Will ? Naturellement, il y a contre vous une inculpation de meurtre, mais c'est purement théorique, l'accusation ne sera pas retenue. Elle ne l'est jamais, par ici. Allez-y doucement avec votre femme, monsieur Moore.

— Je ne lui ferai pas de mal, dit Jim.

Il resta planté au milieu de la cour, regardant la carriole s'éloigner en cahotant. L'air indécis, il fit voler la poussière à coups de pied. Le soleil de juin montra sa face brûlante au-dessus des montagnes et frappa impitoyablement la fenêtre de la chambre à coucher.

Jim entra lentement dans la maison et en ressortit avec un fouet plombé de bouvier de trois mètres de long. Il traversa la cour et pénétra dans la grange. En montant l'échelle qui conduisait au grenier à foin, il entendit les gémissements aigus et pleurards de petit chien qui recommençaient.

Quand Jim sortit de la grange, il portait Jelka sur son épaule. En arrivant près de l'abreuvoir, il la déposa délicatement à terre. Des brindilles de foin jonchaient ses cheveux. Le dos de sa blouse était ensanglanté.

Jim mouilla son foulard au robinet, essuya les lèvres meurtries de Jelka, lui lava la figure et rejeta ses cheveux en arrière. Les yeux noirs et voilés de Jelka suivaient chacun de ses mouvements.

— Tu m'as fait mal, dit-elle, tu m'as fait très mal.

Il hocha gravement la tête.

— Le plus que j'ai pu sans te tuer.

Le soleil embrasait la terre. Quelques mouches à viande bourdonnaient de-ci de-là, attirées par le sang.

Les lèvres boursouflées de Jelka essayèrent de sourire :

— Tu as mangé quelque chose, au moins, ce matin ?

— Non, dit-il, rien du tout.

— Dans ce cas, je vais te faire des œufs au plat.

Elle se remit péniblement debout.

— Attends que je t'aide, dit-il, je vais t'aider à enlever ta blouse. C'est en train de sécher et ça va coller à ton dos. Ça te fera mal.

— Non, je le ferai toute seule.

Sa voix avait une intonation bizarre. Ses yeux noirs s'attardèrent un moment sur lui et il y avait quelque chose de chaud dans son regard, puis elle se détourna et rentra dans la maison en boitillant.

Jim attendit, assis sur le rebord de l'abreuvoir.

Il vit la fumée monter de la cheminée et s'élancer tout droit en l'air. Peu d'instants après, Jelka vint l'appeler de la porte de la cuisine.

— Viens, Jim. Ton petit déjeuner.

Quatre œufs sur le plat et quatre tranches épaisses de bacon l'attendaient sur une assiette.

— Le café va être prêt tout de suite, dit-elle.

— Tu ne manges pas ?

— Non. Pas maintenant. Ma bouche est trop sensible.

Il dévora les œufs, puis il leva les yeux sur elle. Ses cheveux noirs étaient lisses, peignés avec soin. Elle avait passé une blouse propre.

— Nous allons en ville, cet après-midi, dit-il. Je vais commander du bois de charpente. On va bâtir une nouvelle maison plus bas dans le canyon.

Elle lança un coup d'œil vers la porte fermée de la chambre à coucher, puis regarda Jim à nouveau.

— Oui, dit-elle, ce sera bien.

Puis, au bout d'un moment :

— Est-ce que tu me fouetteras encore... pour ça ?

— Non, c'est fini, pour ça.

Les yeux de Jelka sourircnt. Elle s'assit sur une chaise près de lui et Jim avança la main et lui caressa les cheveux et la nuque.

Le serpent

Il faisait presque nuit quand le jeune docteur Phillips jeta son sac sur son épaule et quitta la mare laissée par le reflux. Il grimpa les rochers et suivit la rue en faisant claquer ses bottes de caoutchouc. Les réverbères étaient déjà allumés quand il arriva à son petit laboratoire commercial, dans la rue des fabriques de conserves, à Monterey. C'était une petite maison étroite construite partiellement sur pilotis plongeant dans l'eau de la baie, et partiellement sur la terre, écrasée de chaque côté par les grands bâtiments en tôle ondulée où l'on mettait les sardines en boîtes.

Le docteur Phillips monta l'escalier de bois et ouvrit la porte. Les rats blancs se mirent à courir en tous sens sur le grillage de leurs cages, et les chats prisonniers dans leurs loges à miauler pour avoir du lait. Le docteur Phillips alluma la lumière éblouissante de la table de dissection et jeta son sac poisseux sur le sol. Il alla vers la cage de verre près de la fenêtre, où habitaient les serpents à sonnette, et se pencha pour les regarder.

Les serpents reposaient en paquets dans le coin de la cage, mais chacune de leurs têtes était dégagée ; les yeux poussiéreux semblaient ne regarder nulle part, mais lorsque le jeune homme se pencha sur la cage, les langues fourchues, noires au bout et roses en arrière, pointèrent et s'agitèrent lentement de haut en bas. Puis les serpents reconnurent l'homme et rentrèrent leurs langues.

Le docteur Phillips se débarrassa de son manteau de cuir et fit du feu dans le poêle de tôle ; il mit une marmite d'eau sur le feu et y plongea une boîte de haricots. Puis il se mit à contempler le sac sur le plancher. C'était un jeune homme fluet qui avait l'œil doux et préoccupé de quelqu'un qui passe une grande partie de son temps à regarder dans un microscope. Il portait une courte barbe blonde.

Le souffle du tirage parcourut le tuyau et un rayonnement de chaleur se dégagea du poêle. Les petites vagues clapotaient doucement contre les pilotis de la maison. Disposées sur des rayons autour de la pièce, il y avait des rangées et des rangées de bocaux contenant des spécimens marins préparés dont trafiquait le laboratoire.

Le docteur Phillips ouvrit une petite porte et entra dans sa chambre à coucher, un réduit garni de livres et meublé d'un lit de camp, d'une lampe de chevet et d'une chaise de bois peu confortable. Il ôta ses bottes de caoutchouc et enfila une paire de pantoufles en peau de mouton. Quand il retourna dans l'autre pièce, l'eau de la marmite commençait déjà à chanter.

Il posa son sac sur la table éclairée par la lumière blanche, et en sortit deux douzaines d'étoiles de mer communes. Il les plaça côte à côte sur la table. Ses yeux préoccupés se tournèrent vers les rats qui s'affairaient dans leurs cages grillagées. Il prit du grain dans un sac en papier et en versa dans les mangeoires. Instantanément les rats se laissèrent tomber du grillage et se jetèrent sur la nourriture. Une bouteille de lait se trouvait sur une planchette de verre entre une petite pieuvre naturalisée et une méduse. Le docteur Phillips prit la bouteille et s'approcha de la cage des chats, mais, avant de remplir les récipients, il passa sa main dans la cage et saisit doucement un gros chat de gouttière moucheté. Il le caressa un moment, puis le jeta dans une petite boîte de bois peinte en noir, ferma le couvercle au verrou et tourna un robinet pour faire arriver le gaz dans la chambre d'asphyxie. Tandis qu'une courte lutte se poursuivait dans la boîte noire, il remplit les jattes de lait. Un des chats fit le gros dos contre sa main ; il sourit et lui flatta le cou.

Tout était tranquille dans la boîte maintenant. Il ferma le robinet, car la boîte confinée devait être pleine de gaz.

Sur le poêle, l'eau bouillonnait furieusement

autour de la boîte de haricots. Le docteur Phillips attira celle-ci avec une grosse paire de forceps, l'ouvrit et vida les haricots dans une assiette de verre. Tout en mangeant, il regarda les étoiles de mer sur la table. Entre les bras suintaient de petites gouttes d'un liquide laiteux. Il engloutit ses haricots et, quand il eut fini, il posa l'assiette sur l'évier et se dirigea vers l'armoire au matériel. Il en sortit un microscope et une pile de petites coupes qu'il emplit une à une d'eau de mer à un robinet et disposa en rang à côté des étoiles de mer. Il sortit sa montre et la posa sur la table, sous les flots de lumière blanche. Les vagues clapotaient avec de petits soupirs contre les piliers sous le plancher. Il prit un compte-gouttes dans un tiroir et se courba sur les étoiles de mer.

À ce moment, il y eut un bruit amorti de pas rapides sur les marches de bois et on frappa violemment à la porte. Une grimace de contrariété contracta le visage du jeune homme, tandis qu'il allait ouvrir. Une grande femme maigre se tenait sur le palier. Elle était habillée d'une robe sombre et sévère ; ses cheveux noirs et raides, plantés bas sur un front plat, semblaient être emmêlés par le vent. Ses yeux noirs étincelaient sous la lumière crue.

Elle parla d'une voix gutturale, assourdie :

— Puis-je entrer ? Je voudrais vous parler.

— Je suis très occupé pour l'instant, dit-il

sans empressement. Il m'arrive quelquefois d'être occupé.

Mais il s'écarta de la porte. La grande femme se glissa dans la pièce.

— Je resterai tranquille jusqu'à ce que vous puissiez me parler.

Il ferma la porte et alla chercher la mauvaise chaise de la chambre à coucher.

— Voyez-vous, s'excusa-t-il, la préparation est commencée, et il faut que je m'y tienne.

Tant de gens qui venaient lui posaient des questions. Il avait des explications toutes prêtes pour les opérations les plus courantes. Il les débitait sans y penser.

— Asseyez-vous, dans quelques minutes, je pourrai vous écouter.

La grande femme se pencha sur la table. Au moyen du compte-gouttes, le jeune homme recueillit du liquide entre les bras des étoiles de mer, et le déversa dans un bol d'eau, puis il préleva un peu d'un autre liquide laiteux, le déversa dans le même bol et remua doucement l'eau avec son compte-gouttes. Il commença sa petite explication routinière.

— Lorsque les étoiles de mer arrivent à maturité sexuelle, elles émettent du sperme et des ovules quand elles sont exposées à la marée basse. En choisissant des spécimens adultes et en les sortant de l'eau, je reproduis les conditions de la marée basse. Je viens de mélanger le sperme et les œufs. Maintenant, je dépose un peu de ce mélange dans chacun de ces dix verres d'observation. Dans dix minutes, je tuerai le contenu du premier verre avec du menthol, vingt minutes plus tard, je tuerai le second groupe et ensuite un nouveau groupe toutes les vingt minutes. Ainsi, j'aurai arrêté le processus à différentes étapes et je disposerai la série sur des lames de microscope en vue de recherches biologiques.

Il prit un temps.

— Voulez-vous voir le premier groupe dans le microscope ?

— Non, merci.

Il se tourna vivement vers elle. Les gens voulaient toujours voir dans la lunette. Ce n'était pas la table qu'elle regardait, mais lui. Ses yeux noirs étaient sur lui, mais ils ne semblaient pas le voir. Il comprit pourquoi : l'iris était aussi noir que la pupille, il n'y avait aucune démarcation de couleur entre les deux. Le docteur Phillips était piqué par sa réponse. Bien qu'il eût de l'ennui à répondre aux questions, un manque d'intérêt pour ce qu'il faisait l'irritait. Le désir surgit en lui d'exciter son attention.

— Pendant les dix premières minutes d'attente, j'ai quelque chose à faire. Il y a des gens qui n'aiment pas voir ça. Vous feriez peut-être mieux de passer dans cette chambre jusqu'à ce que j'aie fini.

— Non, dit-elle de son ton bas, égal. Faites ce

que vous voudrez. J'attendrai que vous puissiez me parler.

Ses mains reposaient côte à côte sur ses genoux. Elle était complètement détendue. Ses yeux étaient brillants, mais le reste de sa personne était presque dans un état de vie suspendue. Il pensa : « Métabolisme insuffisant, presque aussi bas que celui d'une grenouille, d'après l'apparence. » Le désir de secouer son inertie le reprit.

Il apporta une petite planchette de bois sur la table, sortit scalpels et ciseaux et fixa une grosse aiguille creuse à un tube à pression. Puis il tira de la chambre d'asphyxie le chat mort, l'étendit sur la planchette, fixa les pattes au moyen de crochets attachés au bois. Il jeta un regard dérobé à la femme. Elle n'avait pas bougé. Elle était toujours détendue.

Le chat grimaçait sous la lumière, sa langue rose pointait entre ses dents acérées. Le docteur Phillips trancha prestement la peau de la gorge ; il fit une entaille avec son scalpel et trouva une artère. Avec une technique sans défaut, il enfonça l'aiguille dans le vaisseau et la fixa au moyen d'un boyau.

— Liquide à embaumer, expliqua-t-il. Plus tard, j'injecterai une matière jaune dans le système veineux et une matière rouge dans le système artériel... pour la dissection de l'appareil circulatoire... classe de biologie.

Il regarda de nouveau vers elle. Ses yeux noirs

semblaient voilés de poussière. Elle regardait sans expression la gorge ouverte du chat. Pas une goutte de sang n'avait coulé. L'incision était nette. Le docteur Phillips regarda sa montre.

— C'est l'heure pour le premier groupe.

Il fit tomber quelques cristaux de menthol dans le premier verre.

La femme le rendait nerveux. Les rats recommençaient à circuler le long du grillage de leurs cages en poussant de petits cris. Sous la maison les vagues battaient à petits coups contre les piliers.

Le jeune homme eut un frisson. Il mit quelques morceaux de charbon dans le poêle et s'assit.

— Voilà, dit-il. Je n'ai plus rien à faire pendant vingt minutes.

Il remarqua combien son menton était court de la lèvre inférieure à la pointe. Elle sembla s'éveiller lentement, sortir de quelque puits profond de sa conscience. Sa tête se releva et ses yeux sombres et voilés parcoururent la pièce, puis revinrent sur lui.

— J'attendais, dit-elle. — Ses mains restaient côte à côte sur ses genoux. — Vous avez des serpents ?

— Mais oui, dit-il assez fort. J'ai environ deux douzaines de serpents à sonnette. Je trais leur venin et l'envoie aux laboratoires de contre-poisons.

Elle continuait à le regarder, mais ses yeux

n'étaient pas centrés sur lui ; ils le recouvraient plutôt et semblaient contempler un large cercle tout autour de lui.

— Avez-vous un serpent mâle, un serpent à sonnette mâle ?

— Eh bien, justement, il se trouve que je sais que j'en ai un. En rentrant un matin, j'ai trouvé un gros serpent en... en coït avec un plus petit. C'est très rare en captivité. Vous voyez, je sais que j'ai un serpent mâle.

— Où est-il ?

— Mais dans cette cage de verre, là, près de la fenêtre.

Sa tête pivota lentement, mais ses deux mains tranquilles ne bougèrent pas. Elle se retourna vers lui.

Il se leva et s'approcha de la boîte près de la fenêtre. Sur le fond de sable, des serpents formaient un nœud inextricable, mais leurs têtes étaient dégagées. Les langues sortirent et tremblotèrent un moment puis ondulèrent de haut en bas pour sentir les vibrations de l'air. Le docteur Phillips tourna la tête avec nervosité. La femme était debout à côté de lui. Il ne l'avait pas entendue se lever de sa chaise. Il n'avait entendu que le clapotis de l'eau contre les piliers et le grattement des rats sur les cloisons grillagées.

Elle dit doucement :

— Lequel est le mâle dont vous avez parlé ?

Il désigna un gros serpent gris poussiéreux blotti tout seul dans un coin de la cage.

— Celui-là. Il a près d'un mètre cinquante de long. Il vient du Texas. Nos serpents de la côte Pacifique sont ordinairement plus petits. Il attrape tous les rats, d'ailleurs. Quand je veux que les autres mangent, il faut que je le sorte.

La femme considéra la tête courte et sèche. La langue fourchue sortit et resta frémissante un long moment.

— Êtes-vous sûr que c'est un mâle ?

— Les serpents à sonnette sont de drôles de bêtes, dit-il avec volubilité. Presque toute généralisation se trouve fausse. Je n'aime pas dire quoi que ce soit de définitif sur les serpents à sonnette, mais... oui... je peux vous assurer que c'est un mâle.

Les yeux de la femme ne quittaient pas la tête plate :

— Voulez-vous me le vendre ?

— Le vendre ? s'écria-t-il. Vous le vendre ?

— Vous vendez des spécimens, n'est-ce pas ?

— Oh... oui. Naturellement. Naturellement.

— Combien ? Cinq dollars ? Dix ?

— Oh ! Pas plus de cinq. Mais... connaissez-vous quelque chose aux serpents à sonnette ? Vous pourriez vous faire mordre.

Elle le regarda un moment.

— Je n'ai pas l'intention de l'emporter. Je désire le laisser ici, mais... je veux qu'il soit à moi.

Je veux venir ici, le regarder, le nourrir, et savoir qu'il est à moi. — Elle ouvrit un petit sac et en sortit un billet de cinq dollars. — Tenez ! Maintenant, il est à moi.

Le docteur Phillips commença à avoir peur.

— Vous pourriez venir le voir sans qu'il vous appartienne.

— Je veux qu'il soit à moi.

— Oh ! bon Dieu ! s'écria-t-il. J'ai oublié l'heure. — Il courut à la table. — Trois minutes de trop. Ça n'a pas grande importance.

Il secoua des cristaux de menthol dans la deuxième petite soucoupe. Puis il fut de nouveau attiré vers la cage où la femme continuait à examiner le serpent.

Elle demanda :

— Qu'est-ce qu'il mange ?

— Je les nourris de rats, les rats qui sont dans ces cages, là-bas.

— Voulez-vous le mettre dans l'autre cage ? Je veux lui donner à manger.

— Mais il n'a pas besoin de manger. Il a déjà eu un rat cette semaine. Quelquefois ils ne mangent pas pendant trois ou quatre mois. J'en ai eu un qui n'a rien mangé pendant plus d'un an.

De sa voix basse et monotone, elle demanda :

— Voulez-vous me vendre un rat ?

Il haussa les épaules.

— Je vois. Vous voulez voir comment mange un serpent à sonnette. Très bien. Je vais vous montrer. Le rat vous coûtera vingt-cinq *cents*. C'est mieux qu'une course de taureaux dans un sens et c'est tout bonnement un serpent qui mange son dîner si on considère la chose d'un autre point de vue.

Son ton était devenu acide. Il haïssait les gens qui faisaient un sport d'un phénomène naturel. Il n'était pas un sportsman, mais un biologiste. Il pouvait tuer des milliers d'animaux pour la science, mais pas le moindre insecte pour le plaisir. Il avait déjà réfléchi à cela auparavant.

Elle tourna lentement la tête vers lui et un commencement de sourire s'esquissa sur ses lèvres minces.

— Je veux nourrir mon serpent, dit-elle. Je vais le mettre dans l'autre cage.

Elle avait ouvert le couvercle de la cage et y avait plongé la main avant qu'il comprît ce qu'elle faisait. Il bondit et la tira en arrière. Le couvercle retomba avec bruit.

— Vous n'êtes pas folle, dit-il furieux. Il ne vous aurait peut-être pas tuée, mais il vous aurait rendue atrocement malade, en dépit de ce que j'aurais pu faire pour vous.

— Mettez-le vous-même dans l'autre cage, alors, dit-elle tranquillement.

Le docteur Phillips était tout secoué. Il s'aperçut qu'il évitait les yeux sombres qui ne semblaient regarder nulle part. Il sentait que c'était profondément mal de mettre un rat dans la cage, infiniment coupable, et il ne savait pas pourquoi. Souvent, il avait mis des rats dans la cage quand quelque visiteur voulait voir cela, mais ce désir, ce soir, l'écœurait. Il essaya de se sortir de là en se lançant dans une explication.

— C'est une chose intéressante à voir, dit-il. Ça permet de voir le travail du serpent. Et puis d'ailleurs, beaucoup de gens ont des rêves de terreur où ils voient des serpents qui tuent. Je pense, parce que c'est un rat subjectif. La personne est le rat. Une fois qu'on le voit, tout cela devient objectif. Le rat n'est plus qu'un rat et la terreur disparaît !

Il décrocha du mur un long bâton garni d'un nœud coulant de cuir. Ouvrant la trappe, il laissa tomber le nœud coulant sur la tête du gros serpent et serra la lanière. Une sorte de cliquetis perçant et sec emplit la pièce. Le corps épais se tordit d'une façon désordonnée autour du manche du bâton tandis que le jeune homme soulevait le serpent et le laissait retomber dans la cage de nourrissage. Celui-ci resta dressé un moment prêt à frapper, mais le bruissement cessa peu à peu. Le serpent rampa vers un coin, fit un grand bruit avec son corps et resta tranquille.

— Vous voyez, expliqua le jeune homme. Ces serpents sont très apprivoisés. Je les ai depuis longtemps. Je pense que je pourrais les prendre à la main si je voulais, mais tous ceux qui prennent les serpents à sonnette à la main se font mordre tôt ou tard. Je ne tiens pas à en courir le risque.

Il jeta un coup d'œil à la femme. Il répugnait à mettre le rat dans la cage. Elle s'était approchée de cette nouvelle cage ; ses yeux noirs étaient de nouveau fixés sur la tête de pierre du serpent.

Elle dit :

— Mettez un rat.

Il se dirigea à contrecœur vers la cage aux rats. Pour une raison quelconque il ressentait de la pitié pour le rat et un tel sentiment ne l'avait jamais affecté auparavant. Il parcourut des yeux la masse fourmillante des corps blancs qui grimpaient vers lui le long des grillages. « Lequel ? pensa-t-il. Lequel est-ce que ce sera ? »

Subitement il se tourna avec colère vers la femme.

— Vous ne préférez pas que je mette un chat ? Du coup vous verriez une bataille véritable. Le chat pourrait même gagner, mais dans ce cas, il tuerait le serpent. Je vous vends un chat si vous voulez.

Elle ne le regarda pas.

— Mettez un rat, dit-elle. Je veux qu'il mange.

Il ouvrit la cage aux rats et y passa la main. Ses doigts rencontrèrent une queue et il sortit de la cage un rat dodu aux yeux rouges qui se débattit pour lui mordre les doigts et, n'y arrivant pas, resta pendu par la queue sans bouger. Il traversa rapidement la pièce, ouvrit la cage de nourrissage et jeta le rat sur le sable du fond.

— Maintenant, regardez, cria-t-il.

La femme ne lui répondit pas. Ses yeux étaient sur le serpent immobile. La langue de celui-ci, sortant et rentrant vivement, goûta l'air de la cage.

Le rat, qui avait atterri sur ses pattes, se retourna pour flairer sa queue rose et nue, puis il se mit à trotter sur le sable, insouciant, tout en reniflant. La pièce était silencieuse. Le docteur Phillips ne savait pas si c'était l'eau qui soupirait entre les piliers ou si c'était la femme qui soupirait. Du coin de l'œil il vit le corps de celle-ci se tasser et se crisper.

Le serpent se mit en mouvement doucement, lentement. La langue sortait et rentrait. Le mouvement était si insensible, si uniforme qu'il ne semblait pas y avoir de mouvement du tout. À l'autre bout de la cage le rat s'assit tout droit sur son derrière et commença à lécher le fin poil blanc de sa poitrine. Le serpent s'avançait, tenant son cou en forme d'S très incurvé.

Le silence devenait insupportable au jeune homme. Il sentait le sang battre dans son corps. Il dit d'une voix forte :

— Voyez ! Il prend sa courbure d'attaque. Les serpents à sonnette sont des animaux prudents, presque lâches. Le mécanisme est si délicat. Le serpent doit gagner son dîner par une manœuvre aussi précise qu'une opération chirurgicale. Il ne s'expose à aucun risque du fait de ses instruments.

Le serpent s'était maintenant coulé jusqu'au milieu de la cage. Le rat leva la tête, vit le serpent, puis recommença à se lécher la poitrine avec insouciance.

— C'est la plus belle chose du monde, dit le jeune homme. — Le sang battait à ses tempes. — C'est la chose la plus terrible du monde.

Le serpent était tout près maintenant. Sa tête s'éleva de quelques centimètres au-dessus du sable. Sa tête se balança lentement d'arrière en avant, visant, prenant sa distance, visant encore. Le docteur Phillips jeta un nouveau coup d'œil sur la femme. Son cœur se souleva. La femme se balançait aussi, très peu, à peine une suggestion.

Le rat releva la tête, posa ses pattes de devant par terre, se remit tout droit, puis... le coup. Il fut impossible de le voir ; simplement un éclair. Le rat eut un frémissement, comme sous un choc invisible. Le serpent retourna hâtivement dans le coin d'où il était venu et s'immobilisa non sans faire marcher sa langue sans arrêt.

— Parfait, s'écria le docteur Phillips. Juste entre les omoplates. Les crocs ont dû presque atteindre le cœur.

Le rat était immobile, haletant, comme un petit soufflet blanc. Soudain il fit un bond en l'air et retomba sur le côté. Ses pattes eurent un mouvement spasmodique pendant une seconde, il était mort.

La femme se détendit ; elle se détendit comme assoupie.

— Eh bien ! demanda le jeune homme, c'est un bain d'émotion, n'est-ce pas ?

Elle tourna ses yeux voilés vers lui.

— Va-t-il le manger maintenant ? demanda-t-elle.

— Bien sûr, il va le manger. Il ne l'a pas tué par goût des sensations fortes. Il l'a tué parce qu'il avait faim.

Les coins de la bouche de la femme se relevèrent imperceptiblement. Elle regarda de nouveau le serpent.

— Je veux le voir manger.

Le serpent quittait de nouveau son coin. Son cou n'avait plus sa courbure d'attaque, mais il s'approcha du rat, précautionneusement, prêt à sauter en arrière en cas d'offensive. Il toucha délicatement le corps de son nez obtus et se retira. Assuré que le rat était mort, le serpent se mit à palper tout le corps avec son menton, de la tête à la queue. Il semblait mesurer le corps et le baiser. Finalement il ouvrit sa gueule et déboîta les coins de sa mâchoire.

Le docteur Phillips mettait toute sa volonté à empêcher sa tête de se tourner vers la femme. Il pensa : « Si elle ouvre la bouche, je vais vomir. J'aurai peur. » Il réussit à tenir son regard détourné.

Le serpent ajusta ses mâchoires sur la tête du rat, puis, d'une lente ondulation péristaltique, commença à engloutir le rat. Les mâchoires s'agrippaient, toute la gorge s'avançait, et les mâchoires s'agrippaient un peu plus avant.

Le docteur Phillips se détourna et alla à sa table de travail.

— Vous m'avez fait manquer une des séries, dit-il d'un ton aigre. La succession ne sera pas complète.

Il plaça une des coupes de verre sous un microscope de faible puissance et l'examina, puis, avec fureur, il versa le contenu de toutes les coupes dans l'évier. Les vagues étaient tombées, si bien qu'il ne parvenait plus à travers le plancher qu'un murmure mouillé. Le jeune homme souleva une trappe à ses pieds et jeta les étoiles de mer dans l'eau noire. Il s'arrêta devant le chat crucifié sur la planchette, qui grimaçait d'une manière comique sous la lumière. Le corps de l'animal était gonflé par le liquide à embaumer. Le jeune homme coupa la pression, retira l'aiguille et ligatura la veine.

— Voulez-vous un peu de café ? demanda-t-il.

— Non, merci. Je vais m'en aller bientôt.

Il marcha vers la femme qui se tenait devant la cage du serpent. Le rat était entièrement avalé, à part deux centimètres d'une queue rose qui sortait de la gueule du serpent comme une langue sardonique. La gorge s'enfla de nouveau et la queue disparut. Les mâchoires reprirent leur place dans leur emboîture et le gros serpent rampa lourdement vers son coin, décrivit un grand huit et laissa tomber sa tête sur le sable.

— Il est endormi, maintenant, dit la femme. Je m'en vais. Mais je reviendrai donner à manger à mon serpent de temps en temps. Je paierai les rats. Je veux qu'il en ait beaucoup. Et quelquefois... je l'emporterai avec moi.

Ses yeux sortirent de leur rêve poussiéreux pour un moment.

— Souvenez-vous qu'il est à moi. Ne prenez pas son poison. Je veux qu'il le garde. Bonsoir.

Elle alla vivement à la porte et sortit. Il l'entendit descendre les marches, mais il ne put entendre son pas sur le pavé.

Le docteur Phillips prit une chaise et s'assit devant la cage du serpent. Il essaya de démêler ses pensées en contemplant le serpent engourdi.

— J'ai lu tant de choses sur la psychologie des symboles sexuels, pensa-t-il. Je n'arrive pas à la caser. Peut-être suis-je trop seul. Peut-être devrais-je tuer le serpent. Si je savais... non, il n'y a rien que je puisse prier.

Durant des semaines, il attendit son retour.

— Je sortirai et je la laisserai seule ici quand elle viendra, décida-t-il. Je ne veux plus revoir cette saloperie-là.

Elle ne revint jamais. Pendant des mois il

chercha à la reconnaître, en marchant dans la rue. Plusieurs fois il courut après de grandes femmes, pensant que ce pouvait être elle. Mais il ne la revit plus... jamais.

Fuite

À quelque quinze milles plus bas que Monterey, sur la côte sauvage, les Torres avaient leur ferme, quelques arpents sur une pente en haut d'une falaise qui descendait jusqu'aux récifs bruns où sifflaient les eaux blanches de l'océan. Derrière la ferme, les montagnes de pierre se dressaient contre le ciel. Les bâtiments de la ferme, pelotonnés au bas de la montagne à laquelle ils s'accrochaient comme des pucerons, s'aplatissaient comme si le vent allait les chasser à la mer. La petite cabane, la grange décrépite et branlante, rongées par le sel gris de l'océan, battues par le vent humide, avaient pris la couleur des collines granitiques. Deux chevaux, une vache et un veau roux, une demi-douzaine de cochons et une bande de poules décharnées et multicolores garnissaient l'endroit. Sur la pente aride, un peu de maïs avait été planté, qui poussait court et épais sous le vent, et dont les épis se formaient tous côté terre des tiges.

Mama Torres, une femme maigre et sèche, aux yeux anciens, menait la ferme depuis dix ans, depuis que son mari avait un jour trébuché sur une pierre dans le champ et s'était étalé de tout son long sur un serpent à sonnette. Quand on est mordu à la poitrine, il n'y a pas grand-chose à faire.

Mama Torres avait trois enfants, deux avortons noirs de douze et quatorze ans, Emilio et Rosy, que Mama mettait à pêcher sur les rochers au bas de la ferme quand la mer était clémente et que ce truand de policeman se trouvait dans quelque coin éloigné du comté de Monterey. Et il y avait Pépé, le grand fils souriant de dix-neuf ans, garçon gentil, affectueux, mais très paresseux.

Pépé avait une longue tête pointue au bout, et au sommet de laquelle poussaient des cheveux rudes et noirs qui retombaient tout autour comme un toit de chaume. Au-dessus de ses petits yeux souriants, Mama avait taillé une échancrure toute droite pour qu'il pût y voir. Pépé avait des pommettes saillantes d'Indien et un nez d'aigle, mais sa bouche était aussi charmante et aussi bien dessinée qu'une bouche de fille, et il avait le menton dégagé et finement buriné. Il était indolent, dégingandé, tout en jambes, pieds et poignets, et très paresseux. Mama le trouvait beau et brave, mais jamais elle ne le lui disait. Elle disait :

— Il a dû y avoir quelque vache fainéante dans

la famille de ton père, sans cela comment aurais-je pu avoir un fils comme toi ?

Et elle disait :

— Quand je te portais, un sournois, un fainéant de coyote est sorti de la brousse un jour et m'a regardée. C'est ça qui a dû te faire comme tu es.

Pépé souriait avec embarras et plantait son couteau dans la terre pour garder son tranchant à la lame et l'empêcher de rouiller. C'était son héritage, ce couteau, le couteau de son père. La longue et lourde lame se rabattait dans le manche noir. Il y avait un bouton sur le manche. Quand Pépé appuyait sur le bouton, une lame s'élançait hors du manche, prête à servir. Pépé avait toujours le couteau sur lui, car ç'avait été le couteau de son père.

Par un matin de soleil, alors qu'au bas de la falaise la mer toute bleue miroitait et que le ressac moussait sur les brisants, alors que les montagnes elles-mêmes avaient l'air bienveillantes, Mama Torres cria par la porte de la cabane :

— Pépé, j'ai de l'ouvrage pour toi !

Il n'y eut pas de réponse. Mama tendit l'oreille. De derrière la grange elle entendit un éclat de rire. Elle releva son long jupon et marcha vers l'endroit d'où venait le bruit.

Pépé était assis, adossé à une caisse. Ses dents blanches luisaient. De chaque côté de lui se tenaient les deux noirauds, tendus dans l'attente. À quinze pieds de distance, un piquet de séquoia était planté dans le sol. La main droite de Pépé était mollement posée sur ses genoux et le grand couteau noir gisait dans la paume ouverte. La lame était refermée dans le manche. Pépé, souriant, regardait le ciel.

Soudain Emilio poussa un cri : « Ya ! »

Le poignet de Pépé se détendit d'un petit coup sec, comme la tête d'un serpent. La lame sembla voler ouverte dans les airs, la pointe se ficha avec un bruit sourd dans le poteau de séquoia et le manche noir vibra. Tous trois éclatèrent d'un rire excité. Rosy courut au poteau, tira le couteau et vint le rapporter à Pépé. Il referma la lame et de nouveau posa soigneusement le couteau dans sa paume lâche. Il eut un sourire un peu forcé vers le ciel.

— Ya !

Le lourd couteau fila droit et de nouveau s'enfonça dans le poteau. Mama s'avança comme se déplace un navire, et dispersa le jeu.

— Toute la journée tu fais des bêtises avec le couteau, comme un bébé avec un joujou, tonna-t-elle. Allons, debout sur tes grands pieds qui mangent les souliers. Debout !

Elle empoigna une épaule souple et molle et le hissa debout. Pépé grimaça un sourire gêné et se remit debout à contrecœur.

— Écoute, dit Mama. Grand paresseux, il faut que tu attrapes le cheval et que tu mettes sur lui la selle du père. Il faut que tu ailles à Monterey.

La bouteille à remède est vide. Il n'y a plus de sel. Pars, maintenant, cacahuète ! Attrape le cheval.

Une révolution s'opéra dans le visage détendu de Pépé.

— À Monterey, moi ? Seul ? Si, Mama.

Elle gronda :

— Ne va pas t'imaginer, grande brebis, que tu vas acheter des bonbons. Non, je vais te donner juste assez pour le remède et le sel.

Pépé sourit :

— Mama, tu mettras le ruban au chapeau ?

Alors, elle se radoucit :

— Oui, Pépé. Tu pourras porter le ruban.

Sa voix se fit insidieuse :

— Et le mouchoir vert, Mama ?

— Oui, si tu vas vite et si tu reviens sans avoir eu des histoires, le mouchoir de soie verte ira. Si tu fais attention d'enlever le mouchoir quand tu manges, pour ne pas faire de taches dessus...

— Si, Mama, je ferai attention ; je suis un homme.

— Toi ? Un homme ? Tu es une cacahuète.

Il alla dans la grange délabrée, en ressortit avec une corde et d'un pas assez leste monta la colline pour aller chercher le cheval.

Quand il fut prêt et en selle devant la porte, sur la selle de son père qui était si vieille que l'armature apparaissait en maint endroit, à travers les déchirures du cuir, alors Mama apporta le chapeau rond et noir au ruban de cuir travaillé et se haussa pour lui nouer le mouchoir de soie verte autour du cou. La veste en tissu croisé de Pépé était beaucoup plus foncée que son pantalon de treillis, car elle avait été lavée beaucoup moins souvent.

Mama lui tendit la grande bouteille à remède et les pièces d'argent.

— Ça pour le remède, dit-elle, et ça pour le sel. Ça pour un cierge pour brûler pour le papa. Ça pour des *dulces*, pour les petits. Notre amie, Mme Rodriguez, te donnera à dîner et peut-être un lit pour la nuit. Quand tu iras à l'église, dis seulement deux *Pater Noster* et seulement vingt-cinq *Ave Maria*. Oh ! je te connais, grand coyote ! Tu resterais là toute la journée à dire des *Ave* en faisant une bouche grande comme ça devant les cierges et les saintes images. Ce n'est pas de la bonne dévotion de passer son temps à regarder les jolies choses.

Le chapeau noir couvrant la longue tête pointue et la frange de cheveux noirs de Pépé lui donnait de la dignité et le vieillissait. Il se tenait bien en selle sur le cheval efflanqué.

Mama pensait comme il était beau, brun, mince et grand.

— Je ne te laisserais pas partir seul, petit, si ce n'était pour le remède, dit-elle à mi-voix. Ce n'est pas bon de rester sans remède, car qui sait quand viendra le mal aux dents ou la misère de l'estomac. Ces choses-là existent.

— *Adios*, Mama, cria Pépé. Je reviendrai bientôt. Tu peux m'envoyer souvent seul. Je suis un homme.

— Tu es un poulet sans cervelle.

Il redressa les épaules, claqua les rênes sur l'encolure du cheval et partit. Il se retourna une fois et vit qu'ils le regardaient encore, Emilio, Rosy et Mama. Pépé sourit de fierté et de joie et, tirant sur les rênes, il fit prendre le trot au robuste cheval roux.

Quand il eut disparu dans une légère dépression de la route, Mama se tourna vers les noirauds, mais c'était pour elle-même qu'elle parlait.

— C'est presque un homme, maintenant, dit-elle. Ce sera une chose agréable d'avoir de nouveau un homme dans la maison.

Son regard reprit de la sévérité en se posant sur les enfants :

— Maintenant, allez aux rochers. La marée descend. Il y aura des abalones.

Elle leur mit le crochet de fer dans les mains et les vit descendre le sentier raide jusqu'aux récifs.

Elle apporta sur le seuil la *métate* de pierre polie, et resta assise à moudre son maïs en farine, regardant de temps à autre la route sur laquelle Pépé était parti. Midi vint, puis l'après-midi, quand les petits battaient les abalones sur les rocs pour les ramollir et que Mama tapait à petits coups sur les tortilles pour les amincir. Ils mangèrent leur dîner alors que le soleil rouge plongeait vers l'océan. Ils s'assirent sur les marches du seuil et regardèrent la grande lune blanche qui surgissait au-dessus de la cime des montagnes.

Mama fit :

— Il est maintenant chez notre amie, Mme Rodriguez. Elle lui donnera de bonnes choses à manger, et peut-être un cadeau.

Emilio dit :

— Un jour, moi aussi, j'irai à cheval chercher le remède à Monterey. Est-ce que Pépé est devenu un homme juste aujourd'hui ?

Mama répondit sagement :

— Un garçon devient un homme quand le besoin d'un homme se fait sentir. Souviens-toi de cela. J'ai connu des garçons qui avaient quarante ans parce qu'on n'avait pas besoin d'un homme.

Peu après, ils rentrèrent se coucher, Mama dans son grand lit de chêne qui occupait un coin de la pièce, Emilio et Rosy dans leurs caisses remplies de paille et de peaux de moutons, dans l'autre coin.

La lune parcourut le ciel et le ressac mugit sur les rocs. Les coqs lancèrent leur premier appel. Les vagues tombèrent, et il n'y eut plus qu'un léger chuchotement de houle sur les récifs. La lune descendit vers la mer. Les coqs chantèrent une deuxième fois.

La lune atteignait presque le bord de l'eau quand Pépé amena son cheval fourbu sur la terre familiale. Son chien s'élança et tourna en rond autour du cheval avec des aboiements d'allégresse. Pépé se laissa glisser à terre. La misérable petite bicoque était d'argent au clair de lune et son ombre carrée était noire au nord et à l'est. Vers l'est, l'entassement des monts baignait dans une lumière vaporeuse ; leurs sommets se fondaient dans le ciel.

D'un pas lourd, Pépé monta les trois marches du seuil et entra dans la maison. À l'intérieur, il faisait noir. On entendit un froufroutement dans le coin.

Mama cria de son lit :

— Qui vient là ? Pépé, est-ce toi ?

— Si, Mama.

— Tu as le remède ?

— Si, Mama.

— Alors, va te coucher. Je croyais que tu serais resté à coucher à la maison de Mme Rodriguez.

Pépé se tenait debout, silencieux, dans l'obscurité de la chambre.

— Pourquoi restes-tu là, Pépé ? Tu as bu du vin ?

— Si, Mama.

— Eh bien, va te coucher alors, et cuve ton vin.

— Allume la chandelle, Mama. Je dois partir dans la montagne.

Sa voix était lasse et patiente, mais ferme.

— Qu'est-ce qu'il y a, Pépé ? Tu es fou !

Mama fit craquer une allumette au soufre et tint

le petit halo lumineux jusqu'à ce que la flamme eût gagné toute la tige. Elle alluma la chandelle à terre près du lit.

— Allons, Pépé, qu'est-ce que tu racontes là ?

Elle scruta anxieusement son visage.

Il était changé. Son menton semblait avoir perdu son aspect fragile. Sa bouche était moins épaisse qu'elle n'avait été, les lèvres formaient une ligne plus droite, mais le plus grand changement s'était produit dans ses yeux. Il n'y avait plus de rire en eux, ni de timidité. Ils étaient vifs, perçants et réfléchis.

Il lui raconta la chose d'une voix uniforme, lui dit tout exactement comme cela s'était passé. Quelques personnes étaient venues dans la cuisine de Mme Rodriguez. Il y avait du vin à boire. Pépé avait bu du vin. La petite querelle, l'homme s'avançant sur Pépé, et puis le couteau. Il était parti presque tout seul. Il avait volé, était parti comme une flèche avant même que Pépé s'en fût rendu compte. Tandis qu'il parlait, le visage de Mama avait durci et paraissait s'amincir encore. Pépé termina :

— Je suis un homme, maintenant, Mama. L'homme m'a traité de noms que je ne pouvais pas laisser passer.

Mama approuva de la tête.

— Oui, tu es un homme, mon pauvre petit Pépé. Tu es un homme. Je sentais que cela devait t'arriver. Je t'ai observé quand tu jetais le couteau dans le piquet, et j'ai eu peur.

L'espace d'un instant son visage s'était adouci, mais maintenant il redevenait dur.

— Allons ! Il faut t'apprêter. Va. Réveille Emilio et Rosy. Va vite.

Pépé s'avança vers le coin où son frère et sa sœur dormaient dans les peaux de moutons. Il se pencha et les secoua doucement.

— Viens, Rosy ! Viens, Emilio ! La Mama dit qu'il faut vous lever.

Les petits noirs s'assirent dans leur lit et se frottèrent les yeux à la lumière de la chandelle. Mama était levée, à présent, son long jupon noir passé sur sa chemise de nuit.

— Emilio ! cria-t-elle, monte là-bas attraper l'autre cheval pour Pépé. Allons vite ! Vite !

Emilio passa ses jambes dans la salopette et encore à moitié endormi descendit du lit en trébuchant.

— Tu n'as entendu personne derrière toi, sur la route ? demanda anxieusement Mama.

— Non, Mama. J'ai bien écouté. Il n'y avait personne sur la route.

Mama fila comme un oiseau à travers la pièce. D'un clou au mur, elle décrocha une gourde de toile et la jeta sur le plancher. Elle défit une couverture de son lit, en fit un rouleau bien serré et en attacha les deux bouts avec une ficelle. D'une caisse à côté du poêle, elle souleva un sac à farine à demi plein de *jerky*[1], noir et fibreux.

— La veste noire de ton père, Pépé. Tiens, mets-la.

Pépé, debout au milieu de la pièce, la regardait s'affairer. Elle passa le bras derrière la porte et ramena le fusil, un long 38-56, brillant à force d'usure sur toute la longueur du canon. Pépé le lui prit des mains et le tint dans le creux de son épaule. Mama sortit un petit sac de cuir et compta les cartouches qu'elle lui mettait dans la main :

— Il n'en reste que dix, le prévint-elle. Tâche de ne pas les gâcher.

Emilio passa la tête dans l'ouverture de la porte.

— *Qui'st'l caballo, Mama.*

— Mets la selle de l'autre cheval. Attache la couverture. Tiens, attache la viande séchée au pommeau de la selle.

Cependant, Pépé restait planté là, observant silencieusement l'activité frénétique de sa mère. Son menton lui donnait l'air dur, et sa jolie bouche était tirée et amincie. Ses petits yeux suivaient Mama par la chambre presque soupçonneusement.

À mi-voix, Rosy demanda :

— Où va Pépé ?

Mama eut un regard farouche :

— Pépé part en voyage, Pépé est un homme maintenant. Il a du travail d'homme à faire.

1. Jerky : sorte de viande séchée.

Pépé bomba le torse, sa bouche changea jusqu'à le faire ressembler d'une façon étonnante à sa mère.

Finalement, les préparatifs furent terminés. Le cheval, chargé, attendait devant la porte. Un filet de moisissure dégouttait de l'outre, le long du poitrail bai.

L'aube commençait à faire pâlir le clair de lune, et la grande lune blanche était descendue tout près de la mer. La famille se tenait devant la cabane. Mama se planta devant Pépé.

— Écoute, mon fils ! Ne t'arrête pas avant que la nuit soit revenue. Ne dors pas quand bien même tu es épuisé. Prends soin du cheval afin qu'il ne s'arrête pas de fatigue. Rappelle-toi de faire attention aux balles : il y en a seulement dix. Ne te bourre pas l'estomac de *jerky*, sinon cela te rendra malade. Mange un peu de *jerky* et remplis-toi l'estomac d'herbe. Quand tu arriveras dans la haute montagne, si tu vois de ces guetteurs noirs, ne t'approche pas d'eux et ne cherche pas non plus à leur parler. Et n'oublie pas tes prières.

Elle posa ses mains maigres sur les épaules de Pépé, se souleva sur la pointe des pieds et l'embrassa protocolairement sur les deux joues, et Pépé l'embrassa sur les deux joues. Ensuite, il alla à Emilio et à Rosy et leur embrassa les joues.

Pépé se retourna vers Mama. Il semblait chercher un peu de douceur, un peu de faiblesse en elle. Ses yeux scrutaient son visage, mais le visage de Mama restait farouche.

— Va, maintenant, dit-elle. N'attends pas de te faire prendre comme un poulet.

Pépé se hissa en selle.

— Je suis un homme, dit-il.

Les premières lueurs de l'aube le virent grimper la colline en direction du petit canyon d'où partait une piste conduisant dans la montagne. La lumière du jour et celle du clair de lune luttaient entre elles et avec ces deux valeurs guerroyantes, il était difficile d'y voir. Avant que Pépé eût parcouru cent yards, les contours de sa silhouette étaient devenus flous ; et longtemps avant qu'il pénétrât dans le canyon, il n'était plus qu'une ombre grise, indéfinie.

Mama se tenait toute raide devant le seuil, Emilio et Rosy à ses côtés. De temps à autre, ils lançaient à Mama un coup d'œil furtif.

Lorsque la forme grise de Pépé eut disparu, fondue dans le flanc de la colline, Mama se détendit. Elle lança le gémissement aigu, âpre, de la plainte de mort.

— Notre beau. Notre brave, cria-t-elle. Notre protecteur. Notre fils, est parti.

C'était la plainte rituelle. Elle s'élevait en un long gémissement perçant et retombait pour finir en une lamentation grave et rauque. Mama la lança trois fois, puis elle fit demi-tour, entra dans la maison et referma la porte.

Emilio et Rosy restaient plantés là, ébahis, dans la lumière du petit jour. Ils entendirent Mama geindre dans la maison. Ils allèrent s'asseoir sur la falaise, au-dessus de l'océan. Leurs épaules se touchaient.

— Quand Pépé est-il devenu un homme ? demanda Emilio.

— Hier soir, répondit Rosy. Hier soir à Monterey.

Les nuages sur l'océan tournèrent au rouge avec le soleil qui était derrière les montagnes.

— Nous n'aurons pas de petit déjeuner, dit Emilio. Mama n'aura pas envie de faire la cuisine.

Rosy ne lui répondit pas.

— Où est allé Pépé ? demanda-t-il.

Rosy se détourna pour le regarder. Elle répondit d'un air tranquille :

— Il est parti en voyage. Il ne reviendra jamais.

— Il est mort ? Tu crois qu'il est mort ?

Rosy se retourna vers l'océan. Un petit vapeur traînant un filet de fumée était assis sur la ligne d'horizon.

— Il n'est pas mort, expliqua Rosy. Pas encore.

Pépé laissa reposer la grosse carabine en travers de la selle devant lui. Il laissa le cheval monter la colline au pas et ne regarda pas en arrière. La pente granitique avait revêtu un manteau de brousse naine, si bien que Pépé trouva l'entrée d'un sentier et s'y engagea.

En atteignant l'ouverture du canyon, il fit une fois volte-face sur sa selle, et jeta un regard en arrière, mais les maisons avaient été englouties par la lumière vaporeuse. D'une secousse, Pépé reprit sa marche en avant. La haute arête du canyon se referma sur lui. Son cheval allongea le cou, soupira et prit la piste.

C'était un sentier usé par l'âge, mais bien conservé, du terreau foncé et meuble semé de débris de grès. La piste contournait l'épaulement du canyon et descendait à pic dans le lit du torrent. Aux endroits peu profonds, l'eau courait sans heurts, sans remous, et miroitait au premier soleil du matin. Dans le fond, le lichen qui recouvrait de petits galets ronds les avait rendus aussi bruns que la rouille. Dans le sable, au long des berges du torrent, poussait la menthe grasse et haute, tandis que dans l'eau même, le cresson, vieux et coriace, s'était chargé dru de graines.

Le sentier entrait dans le torrent et ressortait de l'autre côté. Le cheval piéta et s'arrêta. Pépé lui lâcha la bride et laissa la bête boire l'eau courante.

Bientôt les parois du canyon s'escarpèrent et les premiers séquoias apparurent, sentinelles géantes gardant la piste, aux immenses troncs ronds et rouges, porteurs d'un feuillage vert et dentelé comme la fougère. Dès que Pépé fut dans les arbres, il perdit le soleil. Une lumière pourpre et parfumée baignait le vert pâle du sous-bois. Des buissons de mûriers et de groseilliers sauvages et de hautes fougères bordaient le cours d'eau, et tout en haut, les branches de séquoias se rejoignaient et bouchaient le ciel.

Pépé but à la gourde, puis fouilla dans le sac à farine et en tira un morceau noir et filandreux de *jerky*. Ses dents blanches rongèrent les fibres noires jusqu'à ce que la viande se détachât. Il mâchait lentement et, de temps à autre, buvait un coup à la gourde. Ses petits yeux étaient fatigués et gonflés de sommeil, mais les muscles de son visage étaient tendus. Le sol de la piste était noir, à présent. Il rendait un son creux sous le choc des sabots.

Le torrent s'infléchissait plus nettement. De petites cascades éclaboussaient les cailloux. Des fougères à cinq doigts se penchaient au-dessus de l'eau et une fine pluie dégouttait du bout de leurs doigts. Pépé montait légèrement de biais sur sa selle, une jambe ballottant mollement. Il arracha une feuille à un laurier bordant la piste et la garda un moment dans sa bouche pour parfumer un peu le *jerky* sec. Il tenait la carabine négligemment posée en travers du pommeau.

Soudain, il fut d'aplomb sur la selle, fit sortir le cheval de la piste et, à coups de talon, le poussa vivement derrière un grand séquoia. Il tira ferme les rênes contre le mors pour empêcher le cheval de hennir. Son visage s'était raidi et ses narines frémissaient légèrement. Un martèlement sourd approcha sur la piste et un cavalier passa, un gros rougeaud avec une pointe de barbe blanche. Son cheval baissa la tête et poussa un hennissement pleurard en flairant la piste. « Holà ! » fit l'homme et il releva la tête de son cheval.

Quand les derniers bruits de sabots se furent éteints, Pépé reprit la piste. Il n'était plus détendu sur sa selle. Il leva le lourd fusil et bascula le levier de culasse pour jeter une cartouche dans la chambre, puis laissa retomber le chien à mi-course.

La piste devenait de plus en plus raide. Maintenant les séquoias étaient plus petits et leurs cimes étaient mortes, rongées à mort aux endroits touchés par le vent. Le cheval avançait péniblement, le soleil monta lentement et commença à descendre vers l'après-midi.

La piste quittait le torrent à l'endroit où il débouchait d'un canyon latéral. Pépé mit pied à terre, fit boire son cheval et remplit sa gourde. Dès que la piste eut quitté le torrent, les arbres disparurent et seuls la sauge épaisse et cassante, la manzanita et le chaparral[1] bordaient la piste. Disparue aussi la terre meuble et noire, pour ne laisser à sa place que des débris de roc légèrement brunis comme lit de piste. Des lézards détalaient pour s'enfoncer dans la brousse au craquement des petites pierres sous le pas du cheval.

1. Chaparral : buissons épineux et rabougris.

Pépé se retourna sur sa selle et regarda en arrière. Il était à découvert maintenant ; il était visible de loin. À mesure qu'il gravissait la piste, le paysage devenait plus sauvage, plus terrible et plus sec. Le chemin serpentait au pied de gros rochers carrés. De petits lapins gris détalaient dans la brousse. Un oiseau poussa un cri perçant, grinçant et monotone. À l'est, les sommets de roche nue étaient pâles et d'une sécheresse poudreuse au soleil déclinant. Le cheval péniblement montait, montait la piste en direction d'un petit V sur la crête, qui était le défilé.

Pépé se retournait à peu près toutes les minutes pour jeter des regards méfiants en arrière, et ses yeux scrutaient les sommets des crêtes devant lui. Une fois, sur un éperon blanc et nu, il vit une forme noire, l'espace d'un instant, mais il se détourna vivement, car c'était un des guetteurs noirs. Nul ne savait qui étaient les guetteurs, ni où ils vivaient, mais il valait mieux les ignorer et ne jamais avoir l'air de s'intéresser à eux. Ils n'inquiétaient pas quiconque se tenait sur la piste et s'occupait de ses affaires.

L'air était desséché et rempli d'une poussière légère soufflée par la brise des montagnes érodées. Pépé but parcimonieusement à la gourde, la reboucha soigneusement et la raccrocha à la corne de la selle. La piste grimpait la pente schisteuse, évitant les rochers, descendant dans des crevasses, franchissant les vieilles écorchures laissées par les torrents asséchés. Quand il arriva devant l'étroit défilé, il fit halte et resta un long moment à regarder en arrière. On ne voyait plus de guetteurs noirs, à présent. Derrière lui, la piste était déserte. Seules les hautes cimes des séquoias indiquaient le cours du torrent.

Pépé s'engagea dans l'enfilade du passage. Ses petits yeux étaient à demi fermés de fatigue, mais son visage était dur, inflexible et viril. Le vent des hautes montagnes venait en soupirant tourbillonner dans le défilé et sifflait sur les arêtes de gros fragments de granit. En l'air, un faucon à queue rouge rasa la crête en vol plané et jeta un cri irrité. Pépé descendit lentement à travers les aspérités du passage déchiqueté et regarda en bas, de l'autre côté.

La piste dévalait brusquement, cahotant parmi les débris de roc. Au bas de la pente, il y avait une faille sombre, couverte d'épaisses broussailles, et de l'autre côté de la fente, un bout de terrain plat où croissait un bouquet de chênes. Une langue d'herbe verte coupait le plat. Et derrière, s'élevait une autre montagne, désolée, avec des rochers morts et de petits buissons noirs, faméliques. Pépé but encore un coup à la gourde, car l'air était tellement sec qu'il lui entartrait les narines et lui brûlait les lèvres. Il mit le cheval sur la pente. Les sabots glissaient et s'acharnaient sur la sente raide, faisant partir des petits cailloux qui dégringolaient jusque dans la brousse. Le soleil avait disparu derrière la montagne de l'ouest, maintenant, mais ses reflets illuminaient encore les chênes et la plaine grasse. Les rocs et les pentes continuaient à renvoyer par vagues la chaleur du soleil accumulée dans la journée.

Pépé leva la tête et regarda le sommet desséché de la crête prochaine. Il vit une forme noire se détacher contre le ciel, la silhouette d'un homme debout sur une pointe de roc, et il détourna vite les yeux pour ne pas paraître curieux. Quand, un moment plus tard, il regarda de nouveau, la silhouette n'était plus là.

Dans la descente, la piste fut vite couverte. Parfois le cheval trébuchait en cherchant un point d'appui, d'autres fois il posait ferme le pied et glissait légèrement en avant. Ils arrivèrent enfin en bas, et là le chaparral était plus haut que la tête de Pépé. Il tint son fusil d'une main et, de l'autre, se protégea la face contre les doigts pointus et cassants de la brousse.

Il monta en suivant la fente, puis s'en écarta pour gravir une petite falaise. La plaine grasse s'étendait devant lui, avec les chênes ronds et réconfortants. Il resta un moment à observer la piste qu'il venait de descendre, mais aucun mouvement ni aucun bruit n'y était perceptible. Finalement il s'engagea sur le terrain plat, en direction de la bande verte et, à l'autre bout du terrain humide, il trouva une petite source, jaillissant à même le sol et retombant dans un bassin avant d'aller s'infiltrer à travers l'étendue de terrain plat.

Pépé remplit d'abord sa gourde, puis il laissa le cheval assoiffé boire à la mare. Il mena le cheval jusqu'au bosquet de chênes et au milieu des arbres, relativement à l'abri des regards de tous les côtés, il ôta la selle et le mors et les posa sur le sol. Le cheval étira ses mâchoires de côté et d'autre et bâilla. Pépé noua la longe autour du cou de la bête et l'attacha à un arbrisseau parmi les chênes, d'où il aurait un cercle assez large à brouter.

Quand le cheval eut commencé à tondre voracement l'herbe sèche, Pépé revint à la selle, tira du sac un chapelet noir de *jerky* et, sans se presser, alla jusqu'à un chêne à l'orée du bosquet, d'où il avait vue sur la piste. Il s'assit dans un crissement de feuilles de chêne sèches et machinalement chercha son grand couteau noir pour couper le *jerky*, mais il n'avait pas de couteau. Il se mit sur son coude et mordit à même la viande forte et coriace. Son visage était sans expression, mais c'était un visage d'homme.

La lumière éclatante du crépuscule lavait la crête est, mais la vallée s'assombrissait. Des colombes descendirent des hauteurs et volèrent vers la source, et les cailles sortirent en courant des fourrés et les rejoignirent, s'appelant distinctement les unes les autres.

Du coin de l'œil Pépé vit une ombre croître hors

des broussailles qui comblaient le pli de terrain. Il tourna lentement la tête. Un gros chat sauvage tigré rampait vers la source, ventre au sol, rapide comme la pensée.

Pépé épaula son fusil et doucement déplaça l'orifice du canon. Puis il regarda avec appréhension le long de la piste et laissa retomber le chien. Sur le sol, près de lui, il ramassa une brindille de chêne et la lança vers la source. Les cailles s'envolèrent dans un grand bruissement d'ailes et les colombes partirent dans un léger sifflement. Le grand chat se planta droit sur ses pattes ; il resta un moment à observer Pépé de ses yeux jaunes et froids, puis, sans montrer la moindre crainte, il regagna le ravin.

L'obscurité s'accumula vite dans la vallée profonde. Pépé marmonna ses prières, posa sa tête sur son bras et s'endormit instantanément.

La lune se montra et emplit la vallée d'une lumière bleue et froide, et le vent descendit des sommets et vint balayer les arbres dans un bruissement de feuilles. Les hiboux s'affairèrent sur les pentes à la recherche de lapins. En bas, dans les broussailles du ravin, un coyote jacassait. Les chênes murmuraient doucement au souffle de la nuit.

Pépé se leva en sursaut, l'oreille aux aguets. Son cheval avait henni. La lune à ce moment se coulait derrière la crête ouest, laissant la vallée de l'autre côté dans l'obscurité. Pépé était assis, les nerfs tendus, étreignant son fusil. Du lointain de la piste, un hennissement répondit, et il entendit un fracas de sabots ferrés sur les fragments de rocs. Il fut debout d'un bond, courut à son cheval et le conduisit sous les arbres. Il jeta la selle sur la bête, serra fortement la sangle en vue de la pente raide, attrapa la tête rétive et fit entrer de force le mors dans la bouche. Il tâta le harnachement pour bien s'assurer que le *jerky* et le bidon de toile étaient là. Ensuite, il se mit en selle, tourna son cheval et grimpa la colline.

La nuit était de velours noir. Le cheval trouva l'entrée de la piste à la sortie du plat et commença l'ascension, trébuchant et glissant sur les rochers. La main de Pépé monta vers sa tête. Son chapeau n'était plus là. Il l'avait laissé sous le chêne.

Le cheval s'était péniblement frayé un chemin assez loin dans la montée quand le premier changement de l'aurore se manifesta dans l'air : une tonalité gris acier, au moment où la lumière se mélangeait complètement avec l'obscurité. Peu à peu la ligne anguleuse, saillante, de la crête, se découpa au-dessus d'eux, granit pourri, torturé et ravagé par les vents du temps. Pépé avait lâché les rênes sur le pommeau de la selle, laissant le cheval se diriger seul. Dans le noir, les broussailles lui agrippaient les jambes au point de mettre en pièces un genou de son pantalon de grosse toile.

Peu à peu la lumière se répandit à flots sur la crête. La brousse étiolée, famélique, et les roches se détachèrent en perspective plongeante, étranges et solitaires dans le demi-jour. Ensuite, il y eut de la chaleur dans la lumière. Pépé fit halte et regarda en arrière, mais ne vit rien en bas, dans la vallée plus sombre. Le ciel se colorait de bleu au-dessus de la venue du soleil. Sur le flanc désertique de la montagne, les broussailles misérables et desséchées n'atteignaient que trois pieds de haut. Çà et là, saillaient de gros blocs erratiques, pareils à des maisons en train de s'effriter. Pépé se détendit un peu. Il but au bidon de toile et arracha un bout de *jerky* d'un coup de dents. Un aigle solitaire vola au-dessus de lui, très haut dans la lumière.

Sans que rien l'eût laissé prévoir le cheval de Pépé poussa un hennissement strident et s'abattit sur le flanc. Il était presque à terre avant que ne retentît d'en bas l'écho de la détonation. D'un trou derrière l'épaule agitée de soubresauts, un flot de sang pourpre jaillit, stoppa, jaillit, stoppa. Les sabots labouraient la terre. Pépé gisait à côté du cheval, à demi assommé. Lentement, il regarda vers le bas de la colline. Un brin de sauge, cisaillé, vola tout près de sa tête et une autre détonation retentit, dont les parois du canyon se renvoyèrent l'écho. D'un bond frénétique, Pépé se jeta derrière un buisson.

Il se mit à ramper le long de la pente, s'aidant des genoux et d'une main. De la main droite, il tenait le fusil au-dessus du sol et le poussait devant lui. Il se mouvait avec la prudence intuitive d'un animal. Il se faufila rapidement vers un gros bloc de granit qui saillait au-dessus de lui sur la pente. Là où la brousse était plus haute, il se remettait debout et courait courbé en deux, mais aux endroits où elle n'offrait qu'une mince protection, il avançait en se tortillant sur le ventre, poussant son fusil devant lui. Dans le court espace qui lui restait à franchir, il n'y avait plus du tout d'abri. Pépé balança une seconde, puis il franchit l'espace d'un trait et tourna le coin du rocher à la vitesse d'un éclair.

Il s'adossa à la pierre, haletant. Quand il eut repris son souffle, il se déplaça derrière et le long du rocher jusqu'à ce qu'il eût atteint une mince échancrure qui offrait un étroit champ de vision vers le bas de la colline. Pépé s'allongea sur le ventre, passa le canon de son fusil dans la fente et attendit.

Maintenant le soleil rougissait les crêtes ouest. Déjà les busards se posaient aux environs de l'endroit où gisait le cheval. Un petit oiseau brun se mit à gratter parmi les feuilles de sauge mortes juste devant l'orifice du canon. L'aigle repassa en vol plané en direction du soleil levant.

Pépé perçut un léger mouvement dans la brousse, beaucoup plus bas. Ses doigts se crispèrent sur son fusil. Une petite daine surgit qui s'avança délicatement sur la piste, la traversa et disparut de nouveau dans la brousse. Longtemps Pépé attendit. Au loin, tout en bas, il apercevait le bout de terrain plat avec les chênes et l'entaille verte. Soudain ses yeux se reportèrent vivement sur la piste. À un quart de mille plus bas, sur la pente, quelque chose avait remué imperceptiblement dans le chaparral. Le fusil se déplaça d'une secousse. Le guidon vint se nicher dans le V du cran de mire. Pépé calcula un instant, puis il monta la hausse du cran. Le léger mouvement dans la brousse se reproduisit. La ligne de mire se fixa dessus. Pépé pressa la détente. Le fracas de l'explosion retentit sur la pente et remonta de l'autre côté dans un tonnerre confus. Sur toute l'étendue de la pente, le silence se fit. Plus de mouvement. Et puis soudain une raie blanche entama le granit de la fente, un bourdonnement de balle s'effila au loin et un craquement retentit, venant d'en bas. Pépé ressentit une vive douleur à la main droite. Un éclat de granit s'était fiché entre la première et la seconde phalange et la pointe ressortait dans sa paume. Il retira soigneusement l'éclat de pierre. La blessure saignait régulièrement, paisiblement. Aucune veine, aucune artère n'était coupée.

Pépé chercha du regard dans une anfractuosité poussiéreuse du rocher et y récolta une poignée de toiles d'araignée ; il enfonça le tout dans la plaie, malaxant avec le sang l'emplâtre de fils soyeux. L'écoulement cessa presque instantanément.

Le fusil était par terre. Pépé le ramassa, poussa

une nouvelle cartouche dans le magasin. Puis il se glissa à plat ventre dans la brousse. Loin sur la droite, il rampa, et ensuite vers le haut de la colline, avec des mouvements lents et prudents, rampant vers le plus proche abri, puis se reposant, puis rampant de nouveau.

Dans la montagne, le soleil est haut sur son arc avant de pénétrer dans les gorges. La face brûlante regarda par-dessus la colline, amenant avec elle une chaleur instantanée. La lumière blanche frappa les rochers, se refléta sur eux et remonta du sol en menues vibrations et les rochers et les buissons semblaient vibrer derrière l'air.

Pépé rampa en direction générale du pic dominant la crête, zigzaguant à la recherche d'un abri. La coupure profonde entre les phalanges de sa main commença à battre. En rampant, il arriva tout près d'un serpent à sonnette avant de l'avoir vu, et quand il leva sa tête sèche et commença un sifflement doux, Pépé recula et prit un autre chemin. Les lézards gris et prestes filaient devant lui, soulevant une mince traînée de poussière. Il trouva une autre poignée de toiles d'araignée et la pressa contre sa main enfiévrée.

Pépé poussait maintenant son fusil de la main gauche. De petites gouttes de sueur couraient jusqu'au bout de ses cheveux raides et noirs et dégoulinaient sur ses yeux. Ses lèvres et sa langue s'épaississaient et s'alourdissaient. Ses lèvres se crispaient pour pomper la salive dans sa bouche.

Ses petits yeux noirs étaient inquiets et méfiants. À un moment, quand un lézard s'arrêta devant lui sur le sol croûteux et tourna la tête de côté, il l'écrabouilla d'un seul coup avec une pierre.

Lorsque le soleil eut lentement dépassé midi, il n'avait pas fait quinze cents mètres. Exténué, il rampa encore une centaine de mètres jusqu'à un fourré de manzanita haut et épineux, rampa désespérément et quand il eut atteint le fourré, s'y coula avec des contorsions parmi les troncs rugueux et tordus et laissa retomber sa tête sur son bras gauche. Les maigres broussailles n'offraient que peu d'ombre, mais il était à l'abri, en sécurité. Pépé s'endormit dans cette position, le soleil tapant dans son dos. Quelques petits oiseaux vinrent sautiller tout près de lui, l'épièrent un moment, puis repartirent en sautillant. Pépé se tortillait dans son sommeil et sans arrêt il levait sa main droite et la laissait retomber.

Le soleil descendit derrière les pics, puis vint la fraîcheur du soir, et la nuit. Un coyote glapit sur le versant de la montagne, Pépé s'éveilla en sursaut et jeta autour de lui un regard brouillé. Sa main était enflée et lourde, un mince filet douloureux montait le long de son bras pour s'installer dans une poche sous l'aisselle. Il guetta les alentours puis il se leva car les montagnes étaient noires et la lune n'était pas encore levée. Pépé se tenait debout dans l'obscurité. La veste de son père pesait à son bras. Sa langue était enflée au point qu'elle remplissait presque sa bouche. En se contorsionnant il se débarrassa de la veste et la laissa tomber dans les broussailles, puis il se remit à gravir la pente, péniblement, culbutant sur des rocs et s'arrachant un chemin à travers la brousse. Dans sa marche le fusil tapait contre les pierres. De sèches et minuscules avalanches de graviers et d'éclats de pierre le suivaient dans la descente avec un bruissement doux.

Au bout d'un moment la pleine lune réapparut, éclairant la crête déchiquetée au-dessus de lui. Avec le clair de lune, Pépé avançait plus aisément. Il marchait courbé pour tenir son bras écarté de son corps. La montée fut toute en bonds et en pauses, une ruée frénétique sur quelques mètres, puis un repos. Le vent plongeait dans la pente et faisait craquer les tiges sèches dans les buissons.

La lune était au méridien quand Pépé atteignit enfin le contrefort aux arêtes vives du sommet dominant la crête. Sur les derniers courts mètres de la montée, nulle part le sol n'avait tenu sous l'usure des vents. Le chemin était de roc dur. Il se hissa jusqu'en haut et regarda de l'autre côté. Il y avait en bas, devant lui, un ravin pareil à l'autre, noyé dans la lumière vaporeuse du clair de lune, hérissé de chaparral et de sauge aux branches sèches et tourmentées. Sur l'autre côté, la pente grimpait plus à pic et, tout en haut, les dents pourries de la montagne détachaient contre le ciel leurs silhouettes déchiquetées. Au fond de la brèche, la brousse était épaisse et sombre.

Pépé descendit la pente en trébuchant. La soif lui bouchait presque complètement la gorge. Au début, il essaya de courir, mais immédiatement il tomba et roula sur lui-même. Après cela il avança plus prudemment. La lune allait disparaître quand il arriva en bas. À plat ventre, il rampa sous les broussailles épaisses, tâtonnant des doigts pour trouver de l'eau. Il n'y avait pas d'eau dans le lit du torrent, seulement de la terre humide. Pépé posa son fusil, enfonça la main dans la terre, ramena une pleine poignée de boue et la porta à sa bouche, mais aussitôt il se mit à crachoter et à racler avec un doigt la terre restée sur sa langue, car la boue lui tirait la bouche comme un cataplasme. Il creusa un trou dans le torrent avec ses doigts, évida un petit bassin pour attraper de l'eau, mais avant que le trou n'eût quelque profondeur, sa tête tomba en avant sur le sol humide et il s'endormit.

L'aube vint et la chaleur du jour tomba sur la terre, et Pépé dormait toujours. Tard dans l'après-midi sa tête se dressa brusquement. Il regarda lentement autour de lui. Ses yeux n'étaient plus que deux fentes de lassitude. À vingt pieds de là, dans les broussailles épaisses, un grand lion des montagnes, debout sur ses pattes, le regardait. Sa longue queue touffue flottait harmonieusement, ses oreilles étaient tendues de curiosité, non pas dangereusement rabattues en arrière. Le lion se vautra sur le sol et resta à l'observer.

Pépé regarda le trou qu'il avait creusé dans la terre. Un demi-pouce d'eau s'était amassé dans le fond. Il déchira la manche de son bras blessé, en déchiqueta un petit carré avec ses dents, l'imbiba d'eau et le mit dans sa bouche. Maintes et maintes fois il trempa le bout d'étoffe et le suça.

Cependant le lion restait à l'observer. Le soir tomba mais rien ne bougeait sur les hauteurs. Aucun oiseau ne vint visiter le fond asséché de la brèche. De temps à autre Pépé regardait le lion. Les paupières du fauve roux s'abaissaient comme s'il allait s'endormir. Il bâilla et sa longue et mince langue sortit et se recourba. Soudain, il tourna la tête avec une brusque saccade et ses narines frémirent. Sa queue épaisse fouetta l'air. Il se planta sur ses pattes et telle une ombre fauve, s'éclipsa dans le gros du fourré.

Un instant après, Pépé entendit le bruit, l'imperceptible et lointain grincement de sabots de cheval sur le gravier. Et il entendit autre chose, un hurlement aigu et plaintif de chien.

Pépé prit son fusil de la main gauche et se coula dans la brousse aussi silencieusement que l'avait fait le lion. Dans la nuit qui allait s'épaississant, il grimpa, plié en deux, en direction de l'autre crête. Il ne se leva tout à fait que lorsque les ténèbres vinrent. Son énergie fut de courte durée. Dès qu'il fit noir, il tomba sur les rocs et se laissa glisser à genoux sur la pente raide, mais il s'acharnait à grimper et à grimper, s'accrochant aux aspérités de la montagne.

Quand il eut franchi une bonne distance sur le chemin de la montée, il dormit un petit moment. Une lune fantomatique brilla sur son visage et le réveilla. Il se remit debout et reprit son ascension. Cinquante mètres plus loin il s'arrêta et revint sur ses pas, car il avait oublié son fusil. D'un pas lourd il redescendit et farfouilla dans la brousse, mais il ne put retrouver son arme. Finalement, il s'allongea pour se reposer. La poche de mal qu'il avait au creux de l'aisselle s'était faite plus lancinante. Il lui semblait que son bras enflait et se détachait de lui à chaque battement de son cœur. Étant couché, il n'y avait aucune position où son bras alourdi ne pesât contre son aisselle.

Dans un sursaut de bête blessée, Pépé se leva de nouveau, se traîna vers le haut de la crête. De la main gauche il tenait son bras enflé écarté de son corps. Quelques pas de montée, et un instant de repos, et encore quelques pas. À la fin, il s'approcha du sommet. La lune en découpait la croupe dentelée sur le ciel.

Le cerveau de Pépé tournoyait en larges spirales qui s'éloignaient de lui. Il s'affala sur le sol et se tint immobile. L'arête n'était plus maintenant qu'à quelques centaines de pieds plus haut.

La lune se déplaça sur le ciel. Pépé se tourna à demi sur le dos. Sa langue voulut former des mots mais un chuintement épais fut tout ce qui sortit de ses lèvres.

Quand vint l'aube, Pépé se hissa sur ses pieds. Son regard était redevenu lucide. Il haussa son bras encombrant et gonflé devant lui et considéra la blessure enflammée. La ligne noire montait du poignet à l'aisselle. D'un geste automatique il chercha dans sa poche le grand couteau noir, mais il n'était pas là. Ses yeux scrutèrent le sol. Il ramassa un caillou plat et tranchant et gratta la plaie, scia dans la chair orgueilleuse puis pressa pour faire sortir les grosses gouttes de jus vert. Instantanément il rejeta la tête en arrière et se mit à geindre comme un chien. Tout son côté droit frissonnait de douleur, mais la douleur lui éclairait la tête.

Dans la lumière grise, il gravit le dernier talus jusqu'au faîte, puis se traîna sur le ventre par-dessus un alignement de rochers derrière lesquels il se cacha. Au-dessous de lui s'étalait un canyon exactement semblable au précédent, sans eau, désolé. Il n'y avait pas d'étendue plate, ni de chênes, pas même de brousse un peu fournie dans le fond. Et de l'autre côté, une crête escarpée se dressait, revêtue d'une mince couche de sauge desséchée, jonchée d'éclats de granit. La pente était parsemée d'excroissances rocheuses géantes et sur l'arête, les dents de granit se détachaient contre le ciel.

Le jour nouveau était lumineux, maintenant. La

flamme du soleil franchit la crête et tomba sur Pépé qui gisait par terre. Sa chevelure noire et raide était jonchée de brindilles et de toiles d'araignée. Ses yeux étaient retirés à l'intérieur de sa tête. Entre ses lèvres apparaissait le bout de sa langue noire.

Il se mit sur son séant, tira son grand bras sur ses genoux et le dorlota, dans un balancement de tout son corps, avec des gémissements sourds dans la gorge. Il renversa la tête et regarda le ciel pâle. Un grand oiseau noir tournoyait presque hors de vue, et très loin, sur la droite, un autre se rapprochait en vol plané.

Il leva la tête pour écouter, car du fond de la vallée dont il venait de franchir la crête, un bruit familier avait frappé son oreille ; c'était le jappement criard d'une meute excitée et fiévreuse sur une piste.

Pépé baissa vivement la tête. Il essaya de parler à mots rapides, mais ses lèvres n'émirent qu'un sifflement épais. De la main gauche, il traça sur sa poitrine une croix saccadée. Il dut se démener longtemps pour se mettre debout. Lentement, mécaniquement, il rampa jusqu'au faîte d'un gros rocher qui dominait la crête. Une fois là, il se dressa lentement, vacillant sur ses jambes, et se tint debout. Tout en bas, il apercevait la tache sombre de la brousse où il avait dormi. Il s'affermit sur ses pieds et resta planté là, noir sur le ciel du matin.

Un crissement retentit à ses pieds. Un morceau de pierre vola en l'air, et une balle vrombit et alla s'éteindre dans la gorge voisine. L'écho du craquement sourd remonta de la vallée. Pépé regarda un moment en bas, puis il se redressa.

Son corps se rejeta violemment en arrière. Sa main gauche s'agita faiblement vers sa poitrine. Le deuxième craquement retentit d'en bas. Pépé bascula et dégringola du rocher. Son corps porta et roula, roula sur la pente, déclenchant une petite avalanche. Et quand il s'arrêta enfin contre un buisson, l'avalanche coula doucement et recouvrit sa tête.

COLLECTION FOLIO 2 €

Dernières parutions

5901. François Poullain de La Barre	*De l'égalité des deux sexes*
5902. Junichirô Tanizaki	*Le pied de Fumiko* précédé de *La complainte de la sirène*
5903. Ferdinand von Schirach	*Le hérisson* et autres nouvelles
5904. Oscar Wilde	*Le millionnaire modèle* et autres contes
5905. Stefan Zweig	*Découverte inopinée d'un vrai métier* suivi de *La vieille dette*
5935. Chimamanda Ngozi Adichie	*Nous sommes tous des féministes* suivi des *Marieuses*
5973. Collectif	*Pourquoi l'eau de mer est salée* et autres contes de Corée
5974. Honoré de Balzac	*Voyage de Paris à Java* suivi d'*Un drame au bord de la mer*
5975. Collectif	*Des mots et des lettres. Énigmes et jeux littéraires*
5976. Joseph Kessel	*Le paradis du Kilimandjaro* et autres reportages
5977. Jack London	*Une odyssée du Grand Nord* précédé du *Silence blanc*
5992. Pef	*Petit éloge de la lecture*
5994. Thierry Bourcy	*Petit éloge du petit déjeuner*
5995. Italo Calvino	*L'oncle aquatique* et autres récits cosmicomics
5996. Gérard de Nerval	*Le harem* suivi d'*Histoire du calife Hakem*
5997. Georges Simenon	*L'Étoile du Nord* et autres enquêtes de Maigret
5998. William Styron	*Marriott le marine*

5999. Anton Tchékhov	*Les groseilliers* et autres nouvelles
6001. P'ou Song-ling	*La femme à la veste verte. Contes extraordinaires du Pavillon du Loisir*
6002. H. G. Wells	*Le cambriolage d'Hammerpond Park* et autres nouvelles extravagantes
6042. Collectif	*Joyeux Noël ! Histoires à lire au pied du sapin*
6083. Anonyme	*Saga de Hávardr de l'Ísafjördr. Saga islandaise*
6084. René Barjavel	*Les enfants de l'ombre* et autres nouvelles
6085. Tonino Benacquista	*L'aboyeur* précédé de *L'origine des fonds*
6086. Karen Blixen	*Histoire du petit mousse* et autres contes d'hiver
6087. Truman Capote	*La guitare de diamants* et autres nouvelles
6088. Collectif	*L'art d'aimer. Les plus belles nuits d'amour de la littérature*
6089. Jean-Philippe Jaworski	*Comment Blandin fut perdu* précédé de *Montefellóne. Deux récits du Vieux Royaume*
6090. D.A.F. de Sade	*L'Heureuse Feinte* et autres contes étranges
6091. Voltaire	*Le taureau blanc* et autres contes
6111. Mary Wollstonecraft	*Défense des droits des femmes* (extraits)
6159. Collectif	*Les mots pour le lire. Jeux littéraires*
6160. Théophile Gautier	*La Mille et Deuxième Nuit* et autres contes
6161. Roald Dahl	*À moi la vengeance S.A.R.L.* suivi de *Madame Bixby et le manteau du Colonel*
6162. Scholastique Mukasonga	*La vache du roi Musinga* et autres nouvelles rwandaises
6163. Mark Twain	*À quoi rêvent les garçons. Un apprenti pilote sur le Mississippi*
6178. Oscar Wilde	*Le Pêcheur et son Âme* et autres contes

6179. Nathacha Appanah	*Petit éloge des fantômes*
6180. Arthur Conan Doyle	*La maison vide* précédé du *Dernier problème. Deux aventures de Sherlock Holmes*
6181. Sylvain Tesson	*Le téléphérique* et autres nouvelles
6182. Léon Tolstoï	*Le cheval* suivi d'*Albert*
6183. Voisenon	*Le sultan Misapouf et la princesse Grisemine*
6184. Stefan Zweig	*Était-ce lui ?* précédé d'*Un homme qu'on n'oublie pas*
6210. Collectif	*Paris sera toujours une fête. Les plus grands auteurs célèbrent notre capitale*
6211. André Malraux	*Malraux face aux jeunes. Mai 68, avant, après. Entretiens inédits*
6241. Anton Tchékhov	*Les méfaits du tabac* et autres pièces en un acte
6242. Marcel Proust	*Journées de lecture*
6243. Franz Kafka	*Le Verdict – À la colonie pénitentiaire*
6245. Joseph Conrad	*L'associé*
6246. Jules Barbey d'Aurevilly	*La Vengeance d'une femme* précédé du *Dessous de cartes d'une partie de whist*
6285. Jules Michelet	*Jeanne d'Arc*
6286. Collectif	*Les écrivains engagent le débat. De Mirabeau à Malraux, 12 discours d'hommes de lettres à l'Assemblée nationale*
6319. Emmanuel Bove	*Bécon-les-Bruyères* suivi du *Retour de l'enfant*
6320. Dashiell Hammett	*Tulip*
6321. Stendhal	*L'abbesse de Castro*
6322. Marie-Catherine Hecquet	*Histoire d'une jeune fille sauvage trouvée dans les bois à l'âge de dix ans*
6323. Gustave Flaubert	*Le Dictionnaire des idées reçues*
6324. Francis Scott Fitzgerald	*Le réconciliateur* suivi de *Gretchen au bois dormant*

Composition Bussière
Impression Novoprint
a Barcelone, le 10 juillet 2019
Dépôt légal : juillet 2019
Premier dépôt légal dans la collection : décembre 2008

ISBN 978-2-07-036087-1/Imprimé en Espagne.

357687